巴黎
症候群

（中国台湾）林鸿麟 著

陕西新华出版传媒集团
陕西人民出版社

巴黎症候群

序篇
台湾,巴黎

亲爱的:

你当然跟所有人一样,都记得海明威说过这样的话:"如果你够幸运,在年轻时待过巴黎,那么巴黎将永远跟着你,因为巴黎是一席流动的飨宴。"

想当初,我们也是受这句话鼓励而想要一起搬到巴黎住的。但是,请相信我,他的这句话是魔咒!你留在台湾的决定可能才是对的。搬到巴黎之后,海明威书中所提到的地方都成为我心目中的巴黎地标,即使生活中真真实实地受苦受难我也甘之如饴,"因为海明威以前受的苦应该比我多。"我总是这样安慰自己。

除了海明威,还有楚浮电影中所呈现的巴黎,侯麦和阿萨亚斯的电影里出现的巴黎人,都让我觉得巴黎才是我的落脚处。你知道我在台湾时总被认为是个怪人,每次回到老家,出门前我妈都会问我:"确定要穿这样出门吗?"眼神中充满了怕我在南台湾被看不顺眼的不良少年痛殴的恐惧。朋友们都爱我,但你也知道那是因为他们觉得我怪得可爱,连你也是因为觉得我和其他人都不一样才喜欢我的,不是吗?而且当我们一起看法国电影时,也不会觉得电影里的巴黎人怪,反而都认为甚至笃定相信那才是我们真心向往、既浪漫又情感丰富强烈的生活啊!

还有那个苏珊·桑塔格,她竟然说出"美国是我的国家,但巴黎才是我的故乡!"这种话来,简直是妖言惑众!

最严重的是我住台北古亭时的那个法国室友詹姆士，他几乎是唯一在台湾不认为我行为思想怪异的人，但也在跟我同住几个月之后这样断定："你是法国人！"

于是，我开始幻想我是法国人。而我的一切怪异也都终于获得了解答。我喜欢睡到自然醒、拒绝从事需要打卡的工作；我爱享乐，赚了钱就去旅行把钱花光；我爱美食的程度就像电影里的法国人那样挑剔；我喜欢在家里做菜邀请好朋友和心仪的对象来吃（你不也是被我的"Cordon Bleu蓝带猪排"给收买了吗？），规定客人喝酒喝香槟喝餐前餐后酒一定不能用错杯子；我把家弄得昏黄之后还要点上蜡烛更添浪漫，吃到好吃的食物会坚持见到厨师夸奖他的杰作，在家里泡澡到一半光溜溜却神情自然地走出来接电话把我妹吓到也不觉得是我不对；我爱以各种不同的名义在家里举办主题派对（客人没按照规定穿着来还得被要求当场换装）；我喜欢坐在咖啡厅看人并且同时被人看，搭捷运时我会带本书阅读好像挤死人也与我无关，去海边别人撑阳伞我还怕晒得不够黑，很自然地在海滩上直接脱裤换泳裤也不自觉已经吓到人。我还喜欢布置我的房间，甚至每隔一段时间要来个"bricolage（DIY）"换一换家具位置和摆饰风格，当别人怕吸到污染的空气时，我宁可走在敦化南路绿荫大道上赞叹"落叶真有诗意"，你说你想睡午觉，我还要逼你跟我去淡水，因为看天色也知道傍晚夕阳真美……

到巴黎旅行四次，每次我都如鱼得水。巴黎真的美啊！最后一次我在巴黎整整待了两个礼拜，每天过着幸福快乐的日子，四处晃荡，即使迷路都觉得高兴。回到台湾之后，反而因为不能适应台北的快节奏而得了"肠胃急躁症"，连拉肚子一个月！

"我真的是法国人！"我想。

所以，即使你犹豫多时之后，决定不跟我一起离开，我还是逼你帮我变卖家当，在巴黎找到临时住所、托人找一家语言学校预先注册后买了单程机票，办好签证，毅然决然地放弃台湾的一切，终于搬到巴黎来住了。这一次，我不再只是观光客，我发誓要成为道道地地的"巴黎人"。

我拖着一堆行李抵达巴黎的那个冬日清晨，几乎带着"简直不敢相信自己已经要来（住）在巴黎了"的心情，差点想亲吻巴黎的土地。当然这是在我还没踩到狗屎以及之后不断在街上看到狗屎和当街撒尿的男人之前的事了。

怀着"我是法国人"的幻想，没有你，我在巴黎落实生活。亲爱的，请容许我很确定地告诉你，海明威写的那个巴黎已经不存在了，电影里的巴黎人也都不是真实的巴黎人！但是，在巴黎真正生活多年后，亲爱的，请容许我很确定地告诉你，海明威写的那个巴黎已经不存在了，电影里的巴黎人也都不是真实的巴黎人！

最近我读到的一则新闻报道提到了"巴黎症候群"。很多日本人在接受了大量有关巴黎的浮面美丽印象之后，怀着对巴黎的浪漫幻想，决定放弃一切搬到巴黎，却在真正看到巴黎、体会巴黎之后，因为受不了巴黎的脏乱，以及巴黎人的不友善，终于精神崩溃而必须借助日本大使馆将他们送回日本就医。亲爱的，这些被送回去的日本人即使再怎么小心，也一定踩过很多次狗屎；在街上热心帮助那些追问"Do you speak English?"的吉卜赛女郎之后，才发现钱包不见了；也曾经在回到家后发现自己的背包拉链被拉开或割开，刚刚重新买的LV钱包又不见了；第三次和第四次甚至连钱包怎么不见的都不知道，就是该用到的时候才发现不见了，难道那些刚刚在街上要他们签名声援非洲受难灾民的人也是小偷？还是下午前来临检的其实是假警察真窃贼？他们在某个下午去蒙马特寻找电影里艾蜜莉工作的咖啡厅途中，在圣心堂前的阶梯上被黑人用绳线套住手指，然后集体黑压压地围过来强迫他们为手指上的那个"艺术杰作"付出大笔金钱；因为惊吓过度，回家搭错地铁方向，在"红城堡站 Chateau Rouge"下车时以为自己到了非洲地区；换个方向搭地铁又在巴黎北站被人抢了相机（天啊，要我不拍照等于要我死！）；马上下车出站就近再买一台相机却发现自己来到了印度；惊魂未定回到家以为终于可以休息了，却被邻居通宵达旦的派对吵到睡不着，耳塞和安眠药都没有作用。这已经不知道是第几个凌晨四点还在望着天花板发呆的花都之夜，几乎整夜没睡而心情沮丧的他们却还得故作坚强地安慰刚刚从日本来访就在地铁里被扒走钱包的爹娘，却无法解释为什么地铁里那么臭、到处都是尿臊味，明明他们看到的酒醉年轻人和看来颇正常的男人都是直接尿在街上街角或路边停车的轮胎上啊！他们当然也常常在公园街上地铁里被流浪汉追着讨钱，赶快给了钱只希望流浪汉迅速带着令人难忍的臭味离开，竟然还被嫌给太少，不再多给点，他的臭味就不走！还有那些法国人大量喷洒的香水为什么盖不过地铁车厢里冬天流浪汉的百年臭味和夏天各色人种交杂的体味？……听了爹娘说"孩子，跟我们回去吧！"之后，他们坚决执迷地说："不，浪漫花都巴黎才是我的故乡！"这些可怜的日本人被大使馆协助送回日本之后，到现在还在看心理医生所诉说的巴黎，才是真正的巴黎。

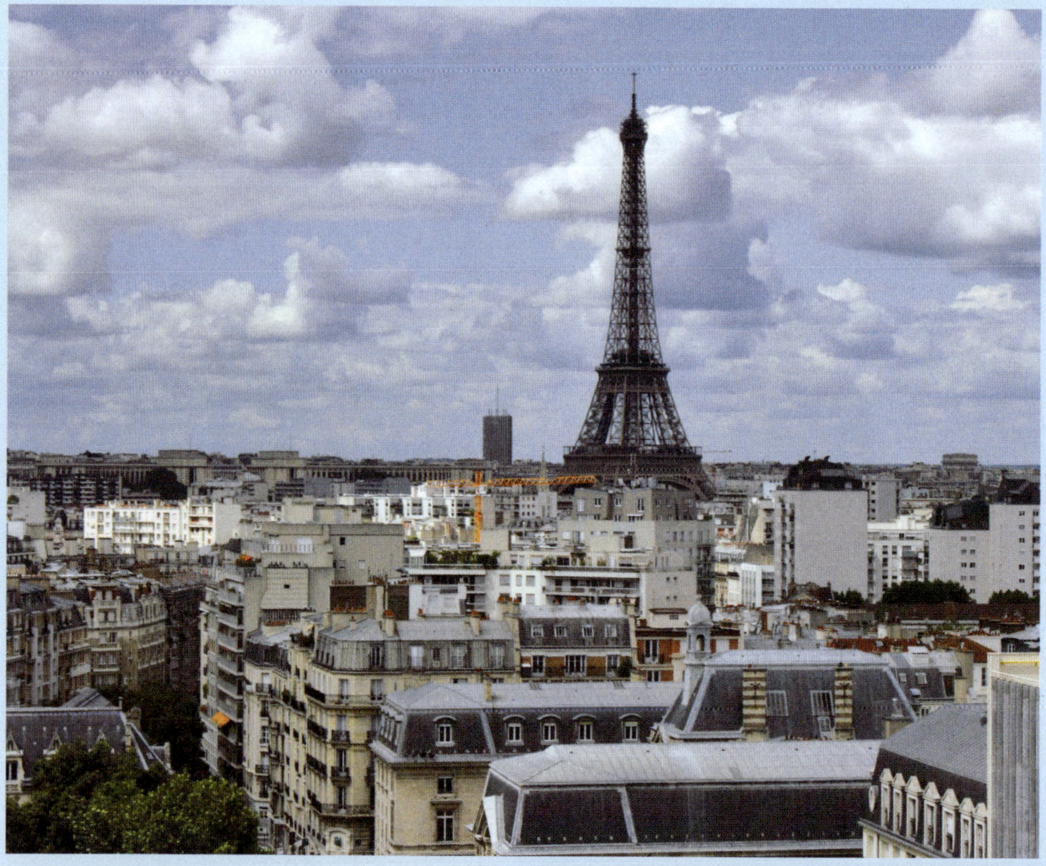

巴黎症候群

目录

001 **第一章：牧羊女街三十八号**
带着六十公斤的行李，我来到巴黎寻找"爱"。

013 **第二章：蓬皮杜中心**
当你必须学到这个词时，就表示有什么惨绝人寰的事发生了。

023 **第三章：莒韦杰街七号**
我要去大声呻吟，跟他们拼了！

033 **第四章：乡舍丽榭大道**
那不是观光客才去的地方吗？

045 **第五章：玛琼塔大道一五四号**
谁说外国的月亮特别圆？

057 **第六章：拉丁区和艾菲尔铁塔**
只要你有足够的自信，就可以在巴黎存在。

067 **第七章：凡仙市两区路十九号**
艾蜜莉的异想巴黎根本不存在，你听到了吗？

073 **第八章：拉榭思神父墓园**
法国人祭拜偶像的方式真是奇怪啊！

081 **第九章：殖民地街四十二号**
我很幸运能在巴黎有C这样如家人般的恒星守护着。

089 **第十章：左岸艺术电影院**
你身边坐着的，可能就是全法国最严苛的影评人！

099 **第十一章：抉择门大道二十九号**
第一次，我感觉到自己在法国这个国家真正地"存在"。

107 **第十二章：西帖艺术村**
要继续留在巴黎的我只能学习跟它们相处，然后学着法国人说："C'est la vie!"

119 **第十三章：绿茵街六十四号**
这应该已经不只是法语文法的问题，而是法国人思考的逻辑了。

129 **第十四章：卢森堡公园**
"Bonjour"真的很重要，没有先说这个通关密语，任何事都免谈！

139 **第十五章：圣多明尼克街三十四号**
巴黎人的逻辑思考真是令人难以捉摸啊！

147 **第十六章：吉美博物馆和蒙梭公园**
我不是法国人！也永远不会成为法国人！

157 **第十七章：洗衣妇岸道十六号**
法国人用"la vie en rose玫瑰人生"来形容幸福的生活，我想这就是了。

巴黎症候群

目录

165 第十八章：帕蒙提耶的圣诞节
我对你提起这件事，是想告诉你巴黎真的有很多怪人。

173 第十九章：南特街二之一号
当然啦！只能说你认识的法国女生太少了，这真的没什么好大惊小怪的。

183 第二十章：从鹌鹑丘到蒙马特丘
"……因为你是diable"，这个词到底是什么意思？

193 第二十一章：马卡迭街六十七号
在我花了很多时间和心思布置之后，这里终于让我有了"家"的感觉。

203 第二十二章：植物园区
就这样，我成了巴黎第三大学体育系的学生。

215 第二十三章：圣丹尼街二三二号
很难相信自己能在这条恶名昭彰的街上住了那么久。

225 第二十四章：史特拉斯堡·圣丹尼
亲爱的，我常常觉得我受够巴黎这一切了！

238 终章：巴黎，台湾

巴黎症候群

第一章

牧羊女街三十八号

38 RUE PASTOURELLE

带着六十公斤的行李，我来到巴黎寻找"爱"。

亲爱的：

我已于昨天早上抵达巴黎。带着我的六十公斤行李！

欧洲航线经济舱只能check-in二十公斤行李的规定一直很让人头痛，尤其是对我这种没有把全副家当都带在身上就没有安全感的流浪者而言更是残忍；即便你已经帮我在跳蚤市场试着把我所有的一切变卖以作为在欧洲的流浪基金之后，我还是带了六十公斤的行李来到巴黎。

如果你问我那六十公斤是怎么上飞机的，我只能说："我总是依赖陌生人的恩惠。"你知道我的。

我刻意不让你送我，因为怕在你面前流下离别的眼泪；我提早抵达机场，跟柜台小姐从陌生人聊成朋友，她破例让我check-in三十公斤，其他的只要我能带上飞机她都可以睁一只眼闭一只眼；我又跟两个接着我后面报到的轻装便行的小姐攀交情，让她们义无反顾地坐上我的登机箱让我拉上箱子的拉链，并同意帮人帮到底地每人帮我背一大包行李和拿一件足以去北极度过寒冷冬天的大外套。就这样，我在十几个小时的飞行之后（我真快被飞机上那个哭不停的小孩搞疯），在一个冬日清晨天刚亮的时间抵达巴黎戴高乐机场。

看到这样的露天咖啡座，让我不禁想喊："巴黎，我终于来了！"

Ofr.是上玛黑区一家结合艺廊与设计师精品的时尚书店，是很多巴黎潮男潮女的最爱。

这个街头涂鸦让我想起楚浮的《四百击》。

牧羊女街三十八号　　　　　　　　　　　　　　巴黎症候群　003

搭上到市区的"郊区快线 RER"时，刚好是巴黎人上班的交通尖峰时间，我在市中心最大的地铁站"夏特雷 Chatelet"被挤得跌出车外，接着是我的行李被丢了出来，整个过程就像逃难。这时我的网友翁湍已经如约在月台上等我了，他就是我跟你提过，曾经到台湾旅行，从此爱上台湾的一切、每年都要再造访台湾的法国人；他看到我所有包袱后瞬间两眼瞪大如牛眼，把原本准备好的"欢迎来到巴黎"临时改成"我的天！你怎么来的？"，并且在陪我走出迷宫般的地铁站之后，给了我一个好心的明智建议——搭出租车吧。

"出租车"这个词并不存在我的词典里，但是当真正需要它的时候，我还是可以懂得这个词的意思；只是上班尖峰时间要在巴黎找到出租车确实比找结婚对象还难，即使有空车也不见得会愿意停下来搭载你。我和我的行李可能吓到太多出租车司机了，等了二十分钟没有一辆停下来。翁湍简直万念俱灰，了无生趣地接受了我们必须负重走到我的落脚处的事实。

从夏特雷车站到牧羊女街其实不远，以我的台北步行速度约七分钟可以抵达，以观光客边走边看的方式大概可以走个十五分钟，而我和翁湍总共花了半小时才抵达牧羊女街三十八号。

拉开蓝色大门之后，通过阴暗的长廊，我们来到浪漫的木质回旋楼梯。

"五楼。"我以羞赧的口气宣布了这个酷刑。

一辈子之后，我的行李和虚脱的我以及翁湍出现在菲利浦家门口。菲利浦一号即将在两个小时后出门远行，他这间位于玛黑区的公寓将是我未来一个月的住处。翁湍像天使一样帮我安全抵达住处后便离开上班去了，如果没有他来帮忙，我可能会带着我的行李坐在路边痛哭，我从此没遇到过比他更好心的法国人。

人们说冬天巴黎的天空像驴子的肚腹——一片无聊至极的灰白，然而我抵达的这一天却是阳光普照，无云的天空有一种深邃的湛蓝，四度的气

在玛黑散步，常常会看到艺术涂鸦。

怀着刚到巴黎的兴奋，觉得这里连月亮都特别圆。

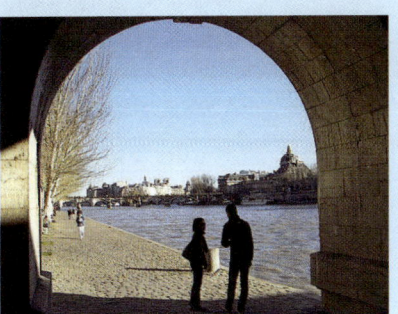

塞纳河果然为巴黎增添了不少浪漫。

温虽冷，却还能在阳光下感到一丝暖意；如果是德国人，一定会说这是因为"当天使旅行的时候……"。

我决定趁着有阳光的午后，逛逛牧羊女街周遭的玛黑区，一方面也逼自己调整时差，只希望不要昏睡在路边——还记得我告诉你，我曾经因为严重时差反应而在餐桌上整个脸趴到盘子中的意大利面里睡着的经验吗？

那是两年前我出发到巴黎旅行，你到机场送机，最后却让我们两个哭成

无所不在的法式浪漫。

泪人儿的那次。抵达巴黎的当天，朋友马克花了整个下午为我做了一个我爱吃的苹果塔，看着他专心地洗净、削皮、不断地控制火候、轻巧呵护地翻转搅拌，我的口水不停地流着，相信吃到这个苹果塔的人一定会立刻感受到爱情。

当晚，我们受邀到他朋友在郊区乡间的老房舍吃饭，他做的苹果塔正是我们餐后的甜点。我细心地将苹果塔捧在手上，甚至不敢太着实地将手搁在大腿上，深怕路上的窟窿让它随车起伏震动而稍有歪斜。它的形状太完美了，削得圆滑的苹果包裹在蜜一样的糖衣里，即使醒来后的白雪公主再看到它，也会义无反顾地吃下去。

我们提早出发，逃过了恐怖的塞车时间，准时抵达马克的朋友家。主人当然惊呼苹果塔的美，崇拜地把它先供在冰箱，接着我们开始了冗长的法式晚餐——先喝餐前酒，在有如山洞的客厅里闲聊一阵，随后转换阵地到餐厅继续漫无目的地闲聊，加上偶尔还要为了不让我感到受冷落而翻译给我听。从前菜到主菜就花了超过两个小时，其间还要谈论从酒窖里拿出来

杜乐丽花园的水池和铁椅曾出现在蔡明亮的电影《你那边几点？》里。

的每一瓶红酒的身世（所花的时间就像谈论一个人的祖宗八代一样长）。我对当晚的详细描述大概只能到这里了，因为，我在餐桌上睡着了！根据马克的说法，我是整个脸趴到面前的意大利面盘子里去的，害他们以为我忽然心脏病发作（我为了这个不礼貌的丢脸行为，至今不敢再跟那家人联络）；在马克精心为我做的甜点端上桌之前，我早已不省人事；据说他们试过很多方法想叫醒我，最后决定派壮丁把我抱到床上睡，晚餐结束后再把我抱回车上，像搀扶醉汉般地把我带回巴黎的房间继续昏睡。

　　隔天，我为了没有亲口尝到马克为我做的甜点深感抱歉，看着他以哀怨的眼神说："没关系，至少你从别人家的床到车上的那段时间，恍惚间还问了三次（苹果塔呢？）。"

　　"喔？真的吗？那苹果塔呢？"（当然早就被那票法国人吃光了！）

　　我想，我和马克的关系就在这个问题之后荡然无存了。

"调时差"这件事对我而言非常重要。但是我又不能走太远，否则可能醒来会发现自己已经被卖到非洲。我计划就在牧羊女街方圆一公里内活动，如果发现自己快不行了，还可以扶着墙回家爬上床睡。

　　玛黑区是巴黎最古老的一区，这里的房子屋龄都超过几百年了，很多外观看起来甚至已经稍微歪斜。不过这里却也是巴黎最受欢迎的区域，这里有许多古老、怀旧的建筑物，又进驻了很多新锐设计师，开设了很多设计感很重的小店(boutique)，光看橱窗里的摆设就是一种享受，而且来这里闲逛的人仿佛全都有备而来似的，穿着打扮与众不同，也都穿出自己的味道，即使坐在户外露天咖啡座看来往行人，都足以引人遐思，而巴黎人真的都很喜欢坐在户外啊!即使在寒冷冬天也要在摆设于人行道上的小圆桌旁的藤椅上啜饮浓咖啡，店家也因此架设了电暖炉，好满足这些喜欢坐在户外的客人。我记得这是我在台湾每每想起巴黎时都会出现的画面——穿着整齐白衬衫黑背心黑长裤还系着黑围裙的服务生，为穿着皮草的女士端来香浓的咖啡，女士的红唇接近杯缘时呼出了一阵微微的氤氲，然后将她的唇印留在咖啡杯上。我再度看到这样的景象，当下在心里对自己说:"巴黎，我终于又来了!"

　　从牧羊女街的住处楼下左转后，遇到的第一条是"档案街 rue des Archives"，因为这里有法国国家档案室，整条街因为它的存在而显得很有气质。除了国家档案室之外，街上第六十二号是"狩猎博物馆"，听说里面陈列了所有跟狩猎有关的物件，还有许多猎物标本; 我本来想进去晃晃，了解一下这个我完全不认识的法国传统活动，却忽然在门口听到我的肚子咕噜了一声，然后脑中开始浮现台湾少数民族火烤的美味山猪肉，我恍然大悟到自从将近八小时前在飞机上被像空姐的空少喂食了没有太多食物味道的可食用物品之后，我都还没进食。这可不得了，我想我的状况不适合进去参观动物标本，我会把它们从墙上拔下来啃食!

　　但是我还是决定再走一会儿。从"弘碧窦街 rue Rambuteau"右转后，蓬皮杜中心的红蓝白绿管线建筑便呈现在我眼前，这个曾经被某些保守的巴黎人称为"巴黎的毒瘤"的现代艺术美术馆居然离我这么近! 不过，我已被我称为"温州街"的第三区小中国城。

这扇蓝色大门后、因年老而稍有倾斜的公寓，是我在巴黎的第一个落脚处。

经饿得忘记了各种颜色管线所负责的到底哪个是水哪个是电哪个是空调了，所以并没有要进去参观的意思。我在"圣殿街 rue du Temple"右转，要走回牧羊女街，因为我记得以前来巴黎当观光客的时候，菲利浦一号曾带我到他家附近的中餐馆吃饭，虽然才刚刚到法国，我已经开始想念台湾的美食了。尽管我知道这里的中国餐厅多是温州人开的，味道不像台湾，但是在他乡异国，只要能有酱油味，应该都可以解我的乡愁。

回到牧羊女街左转，很快地就到了被我称为"温州街"的小中国城。说是中国城，其实也不过就是有几家中式餐厅和三家中国超市的两条小街，其中中国餐厅最集中的是"市长街 rue au Maire"，我在一家叫作"万里香"的小吃部胡乱吃了一碗咖喱牛肉面之后，下定决心以后只能自己在家煮食，这里真的是太贵了。

饭后在温州人开的中国超市里买了一块三层肉，加上从购物袋里窜出的青菜，这样走在很BoBo的玛黑区实在有点突兀，"反正我是外国人！"我给了自己这样的借口。

在法国煮的第一餐，我要用你细心叮咛让我带上的卤味包来准备足够吃一星期的卤肉，以及你曾说过很喜欢的蒜炒空心菜。

从艺术桥上看巴黎的夕阳真美。

带着采买的伙食的我即使形象已更贴近真实生活，心里却还是免不了有着无可救药的浪漫想象，回家的路上我总是怀着期待，在地上找寻"Amour爱情"。

记得我曾经跟你说过、那个让我充满遐想的真实故事吗？一个法国艺术家因为深爱着一个得不到的女人，便决定找一个宣泄他满腔爱意的方式，希望有一天女人终能受到感动，接受他的爱而投入他的怀抱；他每天在心爱的女人会经过的地方写下"Amour"这个字，在路上、在墙上、在地铁站、在公园里……让女人随时能感受他的爱，而巴黎也因为他而成了充满爱的城市。即使他现在已经放弃了对女人不可能的追求，他还是会在巴黎的各个角落写下"Amour"，要让所有人因为看到爱情而感到幸福，这真是法国人的浪漫。

如果有人问我为何抛开一切搬到巴黎来，我想我的答案应该是"寻找爱情"吧。或许你会说我这是不切实际的幻想，但是你知道我无论如何是要来走这一遭的，因为，如果没有真正做过，怎么知道是否可能呢？

不过虽然说是寻找爱情，我也没有真的刻意寻找，只是像观光客那样地不专心走路，偶尔看看路面或墙上是否会忽然出现"Amour"这个字，不时期待着看到它的惊喜罢了。

然而就像我在离开前去龙山寺求来的签所说的，"朝朝役役恰如蜂，飞来飞去西复东，春暮花残无觅处，此身不恋旧丛中。"我所读到应该随处可见的爱情，竟然一个也没看见。看着购物袋里的菜，我心想，还是先落实于生活吧。煮了使整个公寓生香的菜肴、点上蜡烛、放上音乐，以为这样就会有一室的浪漫，没想到却引来了乡愁！抵达巴黎的第一个晚上，我就在这样的复杂心情下，独自度过，饭饱之后，带着我的全身酸痛、时差造成的轻微晕眩、对未知将来的期待和恐惧，入梦。

巴黎症候群

蓬皮杜中心

第二章

CENTRE POMPIDOU

当你必须学到这个词时，就表示有什么惨绝人寰的事发生了。

亲爱的：

今天学到一个法语词，"deboucheur de toilette"，是一早打电话去跟弗德立克学来的，当你必须学到这个词时，就表示有什么惨绝人寰的事发生了。

昨天晚上我终于痛下决心，把上个礼拜卤的那锅还没全吃完的三层肉给倒掉，因为它真的摆太久了，而且几乎只剩下老姜块和肥油。我想我如果再留着它煮面，可能也吃不下，而且又要为自己的穷苦感到心酸而望油生泪了。

你一定也跟我一样有过如此经验——把吃不完的火锅料扑通倒进马桶里，冲水钮一按，清洁溜溜。反正即使吃完了，那也是它们的最终归处。

不过昨晚发生在我身上的事却不尽然如此。当我按下冲水钮，我家马桶的马达就发出怪声音，然后就是让我担心了一整晚，无法好好睡觉，一大早必须打电话求救的惨剧发生了。

"boucher"是阻塞的意思，"deboucheur"就是疏通阻塞的通乐，我在弗德立克的建议下到超市花了三欧元买了"Destop"牌通乐，一整瓶倒下去后立刻拿出母亲让我带来的观音菩萨像祈祷，希望几个小时之后它能重新开通，否则我可能得花光我所有的积蓄找水电工来修理！（可以以身相许吗？）

我住的老建筑原来是没有马桶的，所以后来的人另外架设水管安装了现代化马桶。它是靠电动马达运作，第一次来我家的人都会觉得它很奇怪，

从蓬皮杜中心顶楼向北眺望，巴黎天空下，景色迷人。

而我现在才知道我完全不能像对待台湾的马桶一样喂它吃下所有我不想吃的食物。我怀疑以前住在这栋建筑里的人是怎么解决上厕所这件民生大事的，请容我再度提醒你，我住的地方按法国人的算法是四楼，按台湾人的算法是五楼，难道他们必须下楼去外面的茅坑解决吗？

你应该还记得我住的地方离蓬皮杜中心很近，走路大约不到十分钟就可抵达。这是我原本就很喜欢的美术馆，马桶事件发生后这里更成了我解决民生大事的地方。

蓬皮杜中心这座全世界最大的现代艺术美术馆是一九六九年法国总统乔治·让·蓬皮杜（Georges Pompidou）决定兴建的，不过他老人家在美术馆落成前就去世了。它像庞然怪物一样的造型令人过目难忘，因为它而留名建筑史的设计师是伦佐·皮亚诺（Renzo Piano）和理察·罗杰斯（Richard Rogers），他们受到弗洛伊德潜意识心理学的影响，反其道而行地将正统建筑隐藏的管线大喇喇地全暴露在外面，并以不同颜色表示不同的功用——蓝色管线是排风机和电器设备、红色是货物运输线、绿色是水处理系统，看起来就很有反权威、嘲讽、批判的姿态。一九七七年完工时不但招致"丑陋、吓人、不喜欢"等批评字眼，更有艺术家拒绝把作品送到里面展示，直到现在仍然争议不断，特别是一九九九年闭馆整修之时——因为这个大怪物的整修费用居然是原造价的至少五倍呀！

不过我得感谢它的存在，让我在家里的马桶修好前可以有地方"发泄"。

第一次进蓬皮杜中心的时候，不知道是哪来的怪自尊心使然，我竟然觉得若只是进来上厕所等于公然侮辱了这座艺术殿堂，所以先故作优雅地去馆内附设的书局逛逛，看看山海塾的舞蹈照片，而且大受感动地差点当场跳起来，直到那个"感觉"来了，我才优哉游哉地自然漫步到厕所的位置，确定保安人员没有对我投以异样眼光之后才悠然进去享受解放的快感。

隔天，我又准时来到蓬皮杜中心解决民生大事——别笑，这是性命攸关的课题。我怀疑在门口安全检查的保安人员认出我了，即使我没有背包包，他也用一种狐疑的眼光看着我。他们深怕恐怖分子混入，放置炸弹毁了这个法国人好不容易花了大笔金钱修好的大怪物，所以每天站在门口检查所有人的包包。"Bonjour!"我刻意装出怀着即将要去"放松"的愉快好心情，跟他们打了招呼，然后泰然地往厕所走去。不料却发现厕所被流浪汉蹂躏过了！虽然没留下什么明显的痕迹，却留下了在流浪汉身上至少累积了三年、挥之不去的强烈气味，那味道威力真是惊人，让我马上夺门而出，甚至忘了跟门口保安说再见便直奔超市，买了浴厕芳香剂，重回蓬皮杜中心，要让那被流浪汉糟蹋过的厕所恢复它应有的宜人芳香——民生大事本该如此慎重行之。

这一次，我为了不让保安人员因为我从没买票上楼看过展览，却在厕所所在的地下一楼待太久而担心遭受恐怖攻击，当然还有流浪汉留下的浓厚体味渐渐取代芳香剂的事实，我很快地解决完我的大事就离开了，经过保安的时候当然记得对他们说再见。我明天还会来。（……后天和大后天也是，如果我的马桶一直不通，我可能还会跟他们成为掏心掏肺的朋友，让他们请我回家吃晚饭呢……）

而后，我怀着好心情注意到蓬皮杜广场上总能看到的一些很有意思的画面——遭受鸽群攻击的顽皮小孩（不瞒你说，这种画面总是吸引我以幸灾乐祸的心情观看良久）、不断亲吻的恋人（我总是羡慕地看一眼然后快快瞥开目光）、苦等守候的男女（跟常迟到的我约会过的人大概就是那个样子）、不堪吉卜赛人骚扰的游客、必须使用骗术招揽生意的漫画街头画家。街头画家的生意在冬天一定很不好，因为很少有人会想在这种天气里在没有遮蔽的多风广场上久坐不动。肖像画好之后，可能脸上的表情也被冻僵而得顶着它过下半辈子了。我真为他们的生活感到担心，不论是找不到客人的画者，还是一时冲动而在数分钟后冻僵的被画者。不过，这个担忧很快地又被我的马桶所取代。

第三天，我已经不再惧怕蓬皮杜中心门口的保安人员，而几乎把这里当成自己家了。

"Bonjour!"保安人员表情依然严肃,不过我却可以处之泰然。

我从容地直接走向地下一楼,发现那里的厕所全被占据了,而且传来流浪汉的味道。我不想再买一瓶芳香剂,幸好找到地面一楼售票处旁的另外一处更大的洗手间。在寻找过程中,我注意到垃圾桶里有很多有趣的东西,但要先说明一下巴黎的垃圾桶。由于恐怖分子曾在垃圾桶里放炸弹,我一九九七年第一次到巴黎的时候,这里的公用垃圾桶全被锁上了,谁也别想使用,结果很多人就乱丢垃圾,狗也到处拉屎,当时的巴黎其实有点脏。后来,公用垃圾桶变成在垃圾桶空铁架上放上一个透明塑料袋,里面的东西便一目了然,于是很多被抛弃的有趣东西现在都看得见。我先在一个垃圾桶内看到一条牛仔裤,又在其他垃圾桶看到红色毛衣,在第三个垃圾桶看到内衣裤,我不禁要怀疑巨大的蓬皮杜中心里到底发生了什么事!

位于一楼的洗手间干净多了,于是我可以开始我的例行公事。正当我沉浸在放松的情绪中,一件每个人在公厕里上大号时最不希望发生的事发生在我身上了——很少人知道号码的我的手机响了,而且很大声!

相信我,尽管我深知这并不是最适合接电话的时机,但以前在台湾,手机每天总要响好多次,到了巴黎却乏人问津的我,说什么也不想漏接任何电话,搞不好有人要请我吃饭呢!

结果是我的宝贝父母。

两位老人家晚上在乡下家里没事做,打电话看看在国外的子女过得好不好,这是再正常不过的事了。但是,天啊!我正在蓬皮杜中心的公共厕所上大号耶!而且我确定我隔壁两间都有人,也都听得见我的声音,因为我也听得到其中一间传来某种东西掉进水里的声音,和另一间有人舒活之后大叹一口气的声音……

"你那边几点?"爸爸确定是我接的电话,有一种久未听到儿子声音的喜悦。

"下午两点多。"我用很微弱的声音说。

"喔,那还很早嘛!"幸好这次不是半夜三点打来,但是,时机显然更不对。我总是痛恨手机在时机不对的时候响起,但是没把它带在身边又会患得患失。

"对。"我尽量压低声音冷静地说。

"怎么,在忙啊?"他当然无法想象我现在的窘境。

"没有啦。"(可是,我们可不可以不要现在讲电话?)

"吃饱了没?"

天啊!我一定要在这个时候谈论这个话题吗?而且这个问题是很严肃的,事实上我到巴黎之后就很少吃饱过,每天都像北极熊一样不断地处于饥饿状态,然而这是我的父母最关心的主题,任何时候提起我都不会意外,可是我真的真的不适合在这个时间点告诉他们我在巴黎都怎么吃、吃些什么、好不好吃,因为我正在大便啦!

尽管隔壁的人应该都听不懂我说的闽南语,但这也实在太难堪了,我又不好意思挂掉思念孩子的父母的来电,只能一边压低声音说话,一边从心里希望他们赶快主动挂电话。没想到爸爸欲罢不能,而且爸爸讲完妈妈也想讲。

妈妈比较节俭,心机重的我只好提醒她打国际长途手机电话费很贵,但愿她赶快结束对话,但我却在这个时候不小心咳了一声。这下完了!咳在儿身、疼在娘心,她逼问我是不是感冒了,我根本不敢让她知道其实我已经病了两个礼拜了,因为她会比我更难过,可是我却因为露出破绽而更紧张,喉咙开始更兴奋(别想歪了)而更想咳,一面还要撒谎说是不小心呛到。不知道隔壁的那两个人会不会以为发生了什么事,我的咳嗽和紧张的情绪听起来应该像在吸毒!

好不容易在母亲的千般叮咛后终于结束了这通羞耻万分的电话,我故意又在厕所里待了好一阵子,确定隔壁的那两个人都离开并且换了别人进去之后,才敢偷偷地溜出来。真是太丢脸了。

我没跟门口保安说再见,因为我真的希望这是我最后一次来上蓬皮杜中心的厕所,搞不好我以后也不会想再来,因为有太多不堪的回忆了!

傍晚,那个第一天去火车站接我、帮我扛行李的"苦主"翁湍来帮我修马桶,他花了半小时之后放弃,决定明天带家伙过来继续努力。

于是我又去了一次蓬皮杜中心——的厕所。

蓬皮杜中心
Centre Pompidou

地址：Place Georges Pompidou, 75004 Paris
官网：www.centrepompidou.fr
地铁站：十一线 Rambuteau 站

巴黎第三区小中国城，街角一栋外墙露出维多利亚式横梁的"松兴"是最好吃的越南河粉（Pho）店，只卖周一到周六的上午十一点到下午四点，只有干的和汤的两种选择。

松兴餐馆
Restaurant Pho Song Heng

地址：3 rue Volta, 75003 Paris
地铁站：十一线 Arts et Metiers
营业时间：11h~16h（周日休）

蓬皮杜中心的流浪汉跟他如"装置艺术"般的所有家当。

不买参观美术馆的门票，也可以直接上顶楼免费俯瞰巴黎，尤其是美丽的巴黎夜景，特别迷人。从入口处左边的电梯直接上楼。只要告诉电梯操控员：我只是要去Café Georges。

蓬皮杜附近的墙上被画上两扇窗，让人不禁想问：里面正在上演什么样的故事？

蓬皮杜中心　　　　　　　　　　　　　　巴黎症候群

马桶事件整整困扰了我好几天，这期间我也听到别人有相同的经验。钢琴家克里斯必须用他弹奏钢琴的娇柔的手伸进马桶深处挖出堵塞物；尚吕克竟然排泄在报纸上包起来丢掉……原来这种电动马桶还真是很多人的梦魇。

我的噩梦终于在翁湍和他带来的大堆工具协助下结束了。

原来，电动马达的马桶有一个闸门，水管被堵塞之后，没有水可以让闸门打开，所以我买的通乐根本到不了堵塞处，马桶吸嘴的吸力也作用不到那里，也就是说我之前花钱所做的努力根本毫无作用。而这是我在可怜的翁湍花了一番力气打开水管转弯处之后才发现的事实。在秽物把他喷得一身都是之后，我家的马桶终于又开始运转了！

罪魁祸首果然是老姜。

这真是天大的喜事，我想跳舞。

而且我要准备很多收集来的免费杂志，在明天早上去学校之前，把前几天没坐上我家马桶的时间全给补回来！

为了庆祝这个伟大的胜利，翁湍决定请我去他家晚餐，他的室友尚皮耶是个很会做菜的老饕，我当然欣然接受邀请。

翁湍和尚皮耶的家虽然不大，但他们很讲究生活细节，布置得像个美术馆。晚餐的过程也很"专业"，从餐前酒和开胃菜到移师至餐桌后的主菜及甜点，一样也没马虎。座位的安排、佐餐酒的选择与更换并配合不同杯子的使用、餐具不停地换新，主人照顾到所有细节，仿佛把它当成一场完美的演出。

餐前小点是红衣萝卜、小香肠配第戎(Dijon)芥末酱、酥烤吐司佐鹅肝酱和粉红鱼子酱，喝香槟。在仿古的印花沙发上，我们先闲聊一阵，尚皮耶穿着他去日本带回来的袍子，额头还绑上头巾，像极了日本厨师；受邀一起共进晚餐的还有他们的邻居——喜欢旅行、曾在越南住过、气质高贵的玛莉。他们都对我因酒精而迅速转红的脸深感兴趣。

餐桌铺上美丽的绣花桌巾，还有一组餐巾与之搭配，换上白酒用水晶杯，第一道菜是"煻烤皇帝鱼 filet dempereur au four"，这道菜真是人间美味，我频频询问食谱，尚皮耶却坚持说食谱都在脑子里；于是我花了很长的时间细细品尝，研究出做法——在可放入烤箱的椭圆形陶瓷容器中铺上色拉西红柿切片，摆上新鲜皇帝鱼，捣碎的西洋芹涂抹其上，铺以石蕈切片，盖上一小片枸橼(citron，有着又香又厚果皮的黄柠檬)，再缀以龙蒿(estragon)，最后淋上精纯橄榄油，整个放到预热好的烤箱中即可。能尝到如此精致美味的法式料理真让人觉得幸福。

而特别的主菜是山猪肉(sanglier)。冬天是吃山猪肉的季节，因为按照法律猎人只能在冬天猎山猪和野兔，所以这是一道时令菜，尚皮耶的做法是用红酒去烩，味道颇特别，佐餐喝的是波尔多红酒，当然又换了杯子搭配。

甜点是"国王饼galette des rois"，新年过后的第一个星期天，法国人通常会举办一个吃国王饼的聚会，这大概是源于《圣经》里提到几个国王去探看新生的耶稣的故事。国王饼其实只是一个普通的烘饼，饼里放了一个小小的无冕国王塑像，还附送一个纸做的金色皇冠，吃到塑像的人要戴上皇冠，当一个晚上的国王。切饼的时候要请最年轻的人躲在桌下，或把眼睛蒙起来，由他来负责分饼，以免切的时候知道塑像在哪里。虽然今天是星期一，不过几个好心的法国人为了让我体验这个习俗，还是特地准备了这道甜点。我很幸运地吃到小国王，被戴上了皇冠。

"然后呢？"我心想：国王可以予取予求吗？

"然后我们大家把烘饼吃光啊！"

天啊，难道没有更有趣的事可做吗？

我拒绝把过甜的烘饼吃完，"因为我是国王"，我想做什么就做什么。

而且我累了，要回家睡觉。

其实，我是想要赶快回去坐上我的马桶。我发誓要在马桶上看书看到蓬皮杜中心开门为止，然后我会很高兴地跟自己说："不用再到蓬皮杜上厕所了，真好。"

虽然我回家后并没有这么做，而是直奔我的床。幸好我没有遵守内心的誓言，不然隔天星期二蓬皮杜中心刚好公休，我必须在马桶上坐到星期三才能离开，到时候可能会有别的更严重的问题了吧。在梦里，朝圣的国王想上厕所，玛莉指示他去羊圈外的茅坑。奇怪，那味道怎么跟蓬皮杜中心的流浪汉身上的味道这么像……

巴黎症候群

苣韦杰街七号

第三章

7
RUE
DUVERGIER

我要去大声呻吟,
跟他们拼了!

亲爱的：

今天是我到学校报到的日子，也是我的时尚美梦幻灭的开始。

我的语言学校位于巴黎东北边的第十九区，莒韦杰街七号。从我住的地方在"人民广场République"搭五号线地铁到"斯大林格勒站Starlingrad"转搭七号线可以抵达。

因为是第一天到学校，我想要加深大家对我的印象，以我的穿着。

经过我们在跳蚤市场的拍卖和我大量的馈赠之后，我已经处理掉至少三分之二的衣物了，其中大部分是我认为到巴黎之后不会再穿的中规中矩设计，尽管其中有些还是让我那些住在乡下、接受它们的堂弟们瞠目结舌。是的，我把我最夸张甚至带有妓女风格的衣服全都辛辛苦苦地扛了过来，计划要以最异国情调的穿着，带动巴黎"当东方遇见西方"的新流行风潮！

所以，我原本想象的画面是这样的——我穿着绣有迎春花的牛仔裤（来自澳门）、大红的长皮衣（来自恩施）、印度风的围巾（其实来自巴厘岛）、高跟半长筒黑靴（来自台北沅陵街），戴着印加风格毛线帽（购于库斯科），背着来自巴拉圭的牛皮双肩背包，撑着来自泰国清迈的黄色油纸伞，以我东方人应有的纤细身材，仙风道骨地从校园中飘过去，引起树下长凳上看书的同学阵阵惊叹，并开始掀起一阵结合东西方的fusion新流行。

结果我的学校根本没有校园。我的心都凉了！

说它是学校，倒不如说它是一家专门赚外国人钱的学店。这学校在某栋大楼的一楼，门外有一个小到几乎看不见的招牌，小小的范围内有几间小小的教室、一个收钱的柜台（这很重要，所以被放在入口处）、小小的办公室、摆了一架自动贩卖机的休息室、洗手间，这就是全部了。不过它有我所需求的一切——较便宜的收费，和较长的签证期，当然还有法语课程。

尽管我说我完全不懂法语，学校行政人员还是坚持先测验我的法语程度。我十年前在台北学过两个月法语，后来也陆陆续续和我的法语字典们睡过觉，你在学法语的时候我也跟你练习过几句，但说到我的法语程度，应该算是最初级吧。柜台小姐看我仿佛什么都听得懂，也都做出了适当的正确反应，她不太相信我是个什么都不会的初学者，我想大概是我看起来比较自信吧，根本就不是因为我听得懂；她还不愿放弃地要我写几个我所知道的法文句子给她看看，好把我编入适当的班级。

可是我所会的法文句子大概也就只有这些了——

J'ai faim. 我饿了。（这是我最常用的句子）

Tu m'excites! 你让我很兴奋。

Voulez-vous coucher avec moi ce soir?（这句你应该知道的）您今晚要跟我睡觉吗?

Foutre toi vers l'avant! 趴下去!

C'est super! 感觉真是太棒了!

Puis-je prendre une douche? 我可以冲个澡吗?

Au fait, comment tu t'appelles? 对了，你叫什么名字?

当然上述的句子实在不适合写给美丽的金发柜台小姐看，所以我要求她还是把我放到初级班吧。结果在测验之后，我的"猴子分数"（就是猴子来随便猜也可以得到的相同分数）让她在我的学籍证明上写下"（假）初学者"，我纳闷那是什么意思。总之我在缴了学费之后，正式拿到学生身份了，并且被要求立刻去上课。

我在小小的补习班绕了八圈，就是找不到我的教室。就在我好不容易鼓起勇气以我的破法文问助教我的教室在哪里之后，我竟然得到中文的回

玛黑区的涂鸦墙，恰似巴黎众生相。

受巴黎人欢迎的周末消遣活动［vide-grenier］，家庭清仓大拍卖，这才是真正的跳蚤市场。

答！我必须跟随一个也分到该教室的新生、一个已经得到她指示的年轻金发女子一起走；我还没从因助教忽然说出口的中文所受到的惊吓中回过神来，就像追随魔笛的小孩一样跟着金发美女走向屋外的雨中。然而，金发女子所接到的指示显然不够明确，她走了一段路之后就放弃了，我正犹豫着要不要跟她一起回头的时候，一位大陆来的阿婶用中文问我是不是也在找教室。我跟那位阿婶决定继续在雨中走下去，真是风雨生信心，最后总算找到了我的教室。阿婶并没有和我同班，所以我应该是班上最老的学生。哼！我明天一定要把最年轻的衣服穿来！

　　上课的过程其实没什么好说的，老师是金发法国妞，同学有越南人、中国大陆人、印度人、和斯洛文尼亚人，反正每个人都有怪名字——至少老师点名的时候听起来如此。我猜他们已经至少上了两个月的课了，因为课程内容显然不是给初学者的，我这个"假初学者"上起来还真有点辛苦；不过我至少好像还真的都听得懂，被点到必须回答问题的时候也都蒙对，没有露出破绽，甚至当老师问我上个周末做了什么，我说我吃了"sanglier"和"galette des rois"，班上都没人知道那是什么；他们大概以为我已经偷渡来法国很久了。

　　我让老师称呼我的英文名字Ken，因为她试着用拼音读我的中文名字，就像刚刚被拔掉两颗智齿，让我也跟着牙痛起来！我爹辛苦翻了好多天《辞海》取的名字被叫成"晕哥令个拿"，他如果听到可能会气得想把金发妞的蓝眼珠揪出来！

第一天的上课心得是学校所学的东西其实用处好像也不大，尤其对我这个临时插班的越级生。例如今天一整天几乎都在讲动物，给了至少五十种有关动物的词，我可是连要如何去药房买药、如何听手机留言都不会，干吗学瓢虫和虎头蜂怎么讲，难道它们会在下雪的冬天忽然出现，来咬我吗？

"你最喜欢的动物是什么？"老师问。

"Mon animal préféré est cochon.（我最喜欢的动物是猪。）"

老师顿时瞪大眼睛，好像我要求看她的内裤。"因为猪很可爱吗？"她惊讶地问我，连声音都变了。

"Parce que je peux manger toutes les parties de cochon.（因为猪的每个部位都可以吃。）"我回答。

她接着问："如果不是为了吃，你最喜欢什么？"

"Serpent！（蛇！）"我想到我唯一养过的宠物——拔掉毒牙的龟壳花，我当时还帮她取了个好名字叫"可人"，而且曾冒着风雨去买鸡蛋给她吃。但她后来还是决定逃跑，害我室友之后一个礼拜的时间都活在恐惧中。

"真的吗？"老师不敢相信地问。

"对啊，而且蛇汤也很好喝。"（你就别再问了吧！）

"那你最讨厌的动物是什么？"她好像越来越有兴趣知道我的好恶。想跟我约会吗？

"没什么特别讨厌的。"动物就是动物，它们有它们自己的生活，最好别干扰它们。这是可人离家出走后我所得到的领悟。

"真的都没有动物让你看了就害怕或觉得很烦吗？"真是一个打破砂锅问到底的女人。

"Les enfants.（小孩。）"我下意识地回答。

老师的表情好像我要求跟她上床，羞红着脸，却还笑得很高兴。她大概以为我是个怪学生吧！

第一天的法文课虽然好像还没结束，却在下课时间到来时忽然停止。

巴黎随处可见的小书店，不过由于不敌大型连锁书店，只好卖起观光明信片。

莒韦杰街七号　　　　　　　　　　　　　　　　　　　　　　　　巴黎症候群

法国人好像对下班时间特别敏感，一秒钟也不能多，无论如何得停止一切活动。一句"明天见！"之后，大家就莫名其妙地鸟兽散了。

为了平息一下初次在法国上法文课的兴奋情绪，我决定在学校附近晃悠。

我的语言学校附近的"佛兰德大道Avenue de Flandre"上有著名的"佛兰德管风琴大厦Les Orgues de Flandre"，这是八十年代由建筑师马丹·凡·特雷克（Martin van Treeck）所设计兴建的四栋十五层高楼建筑，这样的高度在巴黎不但很突出，造型也显得有点突兀。

学校另外一边紧邻着的"维雷特水池Bassin de la Villette"，很有着几分浪漫，水池边有一家以放映独立制片电影以及艺术电影为主的"MK2电影院"，再远处的广场上刚好有一周两次的露天菜市场。阿拉伯人用洪亮的声音叫喊着蔬菜水果一公斤一欧元，让我忽然觉得自己不在巴黎，更像是在电影里的北非集市；我惊觉他们喊的是一公斤才一欧元的柑橘耶！马上冲过去买了两公斤，准备回家鲜榨成果汁，把我已经持续几天的伤风感冒给喝好，我可没有多余的钱去看医生啊！

晚上约了一个网友见面。佛列德是个哑剧演员，他有一个中文名字，住在十三区一栋建于一九三五年，有个像告解室、小到残障人士根本进不去的木制升降电梯的公寓里。他曾经在北京学过半年京剧，还去过台湾教哑剧一个月。佛列德很喜欢中国文物，家里墙上大喇喇地挂了三套京剧戏服（也未免太中国了点），家具也都来自东方，甚至有一套《西游记》。我们说定了要办一个中国新年派对，本来想趁机问他需不需要一个中国人跟他住，让他家更有中国味，因为我必须在菲利浦一号度假回来之前找到住处，后来怕吓到人家，就算了。我们都很高兴能有人可以聊聊共同感兴趣的戏剧，后来才知道原来他是我跟你提过的大学戏剧老师在马歇马叟哑剧学校的同学。世界真小！

戏剧你可能不感兴趣，我们还是来谈食物吧。

来自哥斯达黎加的佛列德今晚为我准备了一道我最喜欢的菜，源自秘鲁、风行整个南美洲的"柠檬鲜鱼ceviche"。肉质不要太细的鲜鱼、红洋葱、大蒜、青椒红椒黄椒全部切丁，撒上海盐和胡椒，浸泡在新鲜柠檬汁中，放入冰箱超过二十四小时即成；还可以加入自己喜欢的配料或香料，如橄榄或葡萄干等；用柠檬的强酸将鲜鱼泡熟，不但开胃，又不油腻，且胆固醇低营养价值高，重要的是滋味美妙，你一定要试试看。

　　幸好两人的晚餐没有持续太久，我很快地把所有食物吃光，佛列德大概知道亚洲人的吃饭习惯，没有用法国人那一套来招待我，我得以用必须回家做功课为理由，早早回去喝鲜橙汁。

　　回家时，在地铁里遇到一个全身黑衣、面带凶兆的男子牵着一条大黑狗向我走来，我原本又病又累的身体马上精神抖擞，而且果真打了个小小的冷战！这也太可怕了，我应该写信给巴黎地铁管理处，要他们禁止狗进入车厢才是。比起规定严格的台北捷运站，巴黎地铁站内随时都能看到有人滑直排轮、在月台上群聚喝酒、在禁烟标志下猛抽烟、在车厢内吃任何你想象得到的东西。虽然这样其实有趣多了，可是，让一只深具危险性的大黑狗大摇大摆地朝你走来坐在旁边绝对不是一件好玩的事。狗主人还在狗身上挂了一个标语"我很危险，别摸我！"，我吓得不敢轻举妄动换位置，只求它别在我下车前歇斯底里乱咬一通，哪还敢去想要不要摸它一把！

　　是的，我要把"如何向政府投诉"当成我学法文的第一个目标，这在巴黎可能比我原来学的床上用语实际得多。希望那个今天拿了我四百三十二欧元的学店至少会教这些在大城市求生存的基本用语。

　　写到这里，必须告诉你一直伴着我的声音——楼上的邻居一点儿也不知自制地向世界宣告他们正在做爱做的事。相信我，在孤独的冬夜里这绝对是你最不想听到的声音，所以我决定停笔了，我要去大声呻吟，跟他们拼了，反正我因为伤风而休息了几天的喉咙也该练一练，而且那些床上用语我会的不比他们少！

　　oui, oui, oui, oui……

巴黎症候群

第四章　乡舍丽榭大道

AVENUE DESCHAMPS ÉLYSÉES

那不是观光客才去的地方吗?

亲爱的：

　　还记得你在学法文时曾告诉我，说"香榭丽舍大道"应该叫作"乡舍丽榭大道"才对吗？你说因为"Champs"这个字原来是田野的意思，所以用"乡"来翻译应该比较恰当。那时我们牵手走在台大校园里，刚好遇到一棵树，我放开牵着你的手，让树从我们中间穿过；你忽然停下脚步，要求我倒退重来，我们要继续牵着手绕到树的同一边走过，这样才不会分离。你还说，有一天我们一定要在巴黎的乡舍丽榭大道上牵手走一遭。我当时觉得你真是迷信，又觉得你真是无可救药的浪漫，其实，那是我最快乐的一段时光。

　　如今，我独自到了巴黎，今天已经是这个月第三次来到乡舍丽榭大道了。我的法文老师说那名字其实来自希腊神话，是地狱里的一条路！

　　刚到巴黎几天后，来巴黎工作了十几年、已经成了"巴黎人"的比利时朋友马克想和我见面，问我要约在哪里。当时正想到你，我就说那咱们去乡舍丽榭大道吧。

　　"那不是观光客才去的地方吗？你去那里做什么？"他惊讶于我的提议，提高音量这样问我。

　　"我刚到巴黎，还算是个观光客嘛！而且圣诞节快到了，搞不好那里很有温馨的气氛呢！我需要那样的温暖。而且你应该也很久没去那儿了吧？"

他想不起上次去乡舍丽榭是几年前的事了,不过也答应了我的提议。

没想到我才刚刚抵达乡舍丽榭的街头,就感到一股巨大的饿。

"可是这里的餐厅都很贵耶!"马克提醒我。

有钱人会说巴黎和纽约是"美食天堂",因为这两个地方到处都有一级棒的餐厅,只要你吃得起,而且有办法订到位子,你就能吃到所有美食家公认的美馔佳肴。我有朋友确实每年都要从纽约飞到巴黎来吃上一个礼拜,每天的预算是三百至五百美元!

如果你没有每天三百至五百美元的预算,那么就快跟我一样承认台湾才是"吃的天堂"吧!至少在台湾你随时都能找到吃的,很少有人会因为找不到东西吃而饿肚子。7-ELEVEN不但占领了全台湾,甚至还开始卖起台湾各地小吃。我这种每两三个小时就得吃一顿的人在台湾被方便的饮食环境给宠坏之后,到了巴黎简直像下了地狱,而我现在真的就在以地狱的道路命名的大街上啊!

我们试着在大道上找一家我吃得起的餐厅。这里的餐厅看起来都颇高级,还没看到菜单,光是看到里面用餐的人的穿着就让人却步;瞄了一下门口的菜单,果然每道菜都是吸血鬼般的价格,而且看着那些衣着光鲜亮丽的人桌上那么一小盘食物,我如果想吃饱,可能得倾家荡产吧。

正当我饿得脸色发白,几乎要开始乱发脾气,什么都能吃下的时候,我看到一个仿佛来自上天的金黄色标志,一道挨饿的肉体通过之后马上能获得救赎的金色拱门,一家已经占领了全世界的快餐连锁店"M——麦当劳"。我当下决定,无论如何,我需要一个起司汉堡,双倍馅料,马上,越快越好!

马克这时候以一副不可思议的表情看着我,仿佛我犯了滔天大罪,我在他心中的美好形象被破坏殆尽。他用一种仿佛我一走进去就再也回不到人间似的眼神和口气极力阻止我,我则责怪他只顾法国人的骄傲而不顾台湾人的死活。然而为了不想太得罪招待我的地主,我只好低声下气地说:

"他们也有卖法国薯条(French Fries)啊!"

"那才不是法国的！那是比利时人发明的！"虽然他已经以"巴黎人"的身份自居，却还没有忘本。

"可是我饿了，一定要吃东西。你应该也饿了吧？"我试图以同理心唤醒他的怜悯。

"我是饿了，但我是巴黎人！"

我们就在金黄色"M"标志下的大门前，在一堆胖美国观光客进进出出的同时争执了不下十分钟，于是我更饿了，非吃不可。我试图说服马克偶尔吃麦当劳没有什么不好啊，尤其是到了语言不通的国度，为了不点出来满桌的汤或者怪东西，你至少在麦当劳只要会用手比出一号餐就知道自己会吃到什么，（而且或许你没忘记，我还曾经当过麦当劳叔叔的司机呢！）再加上不少次在我快饿昏前看到它，走进去之后性命被解救了，人家可是我的大恩人哪……不过马克并没有被说服。最后的解决方式是他在隔壁咖啡厅喝咖啡等我，而我独自走进麦当劳"犯罪"。

我们的约会也在我吃完经典的麦当劳一号餐之后提前结束。因为马克肚子也饿了，决定要自己回家煮食。我们说很快再约见面，但必须约其他地方。马克看起来确实浑身不自在，他同时答应我下次要请我去吃"真正的食物"，我只好放他一马。

第二次来乡舍丽榭大道，为的是"中国文化年"的大游行。

法国每年都会举办"文化年"的系列活动，以某个国家为主题，在一整年之中推出与这个国家相关的文化活动，好让法国人更了解异国文化。今年刚好是"中国文化年"，不但百货公司橱窗里充满了中国文化的元素（例如象征吉利的红色内衣什么的），更是利用中国春节的机会在乡舍丽榭大道上举办"中国年大游行"。我的法国朋友都非常期待这个活动，并且觉得跟一个从小深受中国传统文化熏陶的台湾人去看一定更具意义，于是我们约好了见面的时间地点，要一起感受中国春节的热闹气氛。

我来法国前特地为了我在巴黎的第一个中国年做了完美的准备，想象自己的异国情调打扮能让我马上在巴黎的社交圈一举成名，成为日后大家竞相邀约的派对宠儿。

我带来的行头是这样的——绣有梅兰竹菊的蓝银相间瓜皮帽、金色棉袄在领口和袖口缀有最新流行的毛茸茸皮草、休闲风格的蓝色牛仔裤绣上大朵迎春花而带有高贵的风采、意大利小牛皮鞋当然是亮丽的中国红、围巾也是织上印花及变形虫的红色系，整体造型呈现强烈的中国风却又不失流行。我在出门前甚至花了很长的时间在脸上涂上层层乳液和隔离霜，一方面为了抵抗寒冷天气，一方面也为了得跟至少两打的法国人亲脸颊打招呼做准备。

这样的打扮当然在地铁里招来所有人的注目，除了不少人以眼光、手势或言语表示称赞，更有人试着用怪腔怪调的中文跟我说"Kun Hey Fa Tsai"（我猜他想说的是"恭喜发财"）。

"Très joli!（真俊俏！）"还有五个大人和三个小孩这样跟我说。这种有礼貌的孩子我就会喜欢。

所以，在前去乡舍丽榭大道的途中，我一直怀着喜悦的迎新情绪，直到被人从再也塞不下任何人的地铁车厢毫不留情地推挤出来，落到逃难般的人潮中进退两难为止。我对人潮的过敏程度远胜过对小孩的，再加上我的幽闭恐惧症，让我在地铁站的那几分钟里真以为世界末日到了，甚至有那么一刻我后悔没有信上帝。好不容易花了超过十五分钟被急着逃出地铁站的人推挤到出口前的最后一段阶梯，那时刚好是两点整，正是我和朋友们相约见面的时间。我盼望着能早点走出地铁站跟朋友和他们的朋友碰面，他们总是说："我有很多朋友想认识你。"有一群人正在等着看我的中国年特别装扮呢。

结果这时候一位黑人出来宣布了某件事。我当然听不懂，但是光听身边的人开始用咒骂的语气发出逆耳的声音以及人潮瞬间往反方向移动，我猜大概是封锁地铁站的时间到了！这怎么可以呢？我好不容易才被挤到出口附近，都看到出口透进来的光了，我再怎么样也不愿意再向地底深渊走去，当下决定当个听不懂法文的白痴（其实也差不远），继续往前走。

迎着往回走的愤怒人群，我就像是电影中非搭上开往自由之路的火车不可的难民（但穿着却不含糊），而这样的坚持竟然感动了上帝，出口的门被我推开了，有不少人于是随着我走；在镇暴警察进来之前，我走出了地铁站，重见光明。

但是……我很快就发现状况没好到哪里去，因为这里人真的太多了，我的头痛强烈地跟我抗议。更惨的是，"我走错出口了！"

辛苦等候的朋友们在封锁的大道的另一边，除了隔着封锁栅栏，还有比柏林围墙还难跨越的层层人墙。我的意思是，柏林围墙你爬得过去，但如果你踩在人群头上，他们应该不会太高兴。我想我注定无法跟朋友碰面了。

游行延迟了十几分钟才开始，不过那对我没什么差别，反正被前面的人墙挡着，我啥也看不到。花了我将近一辈子的时间，来回在人行道上走了两回，我还是找不到可以到对街的方式，终于决定放弃。要不是偶尔有人对我的装扮投以赞赏的微笑，我恐怕还无法支撑那么久呢，不过却也因此必须一直保持愉悦的心情，至少脸上必须挂着微笑——百万人看着哪！

在一对大陆来的俊男美女后面，我试图从重重人群的隙缝中看向游行队伍的所在，脚尖踮得很辛苦。俊男把美女抱起来好让她看得到，他再从美女的转述中想象游行的画面，我也偷听到了。

我不断踮起脚尖才能看到的画面是一群在很丑的花车上扮演仙女，却更像仙姑的阿婶们怪怪的姿态。她们打扮得就像被送到大漠和番的宫女，历经千辛万苦到达之后却惨遭退货，又长途跋涉回到京城，来回这么一折腾，几年的时间都过去了，所以她们看起来人老珠黄，脸上的表情像是怀有被打入冷宫或满门抄斩的恐惧，在寒冬里冻结成一幅慑人的画面。

接着，最可怕的事终于发生了……

我想尿尿！

乡舍丽榭大道上没有公厕，商店也几乎都关门了，我终于找到一家里面还有人在午餐的咖啡厅，他们却决定不再接客，这真是太不人道了。我可没办法在千万人面前随地便溺，当然只有回家一途。

而回家这件事却一点儿也不简单。我花了将近一个小时才突破人群，走到最近的未封闭地铁站，挤沙丁鱼似的在地铁中憋着快要崩溃的膀胱回

Espace Louis Vuiton（LV的艺文中心）。这里虽然是在同一栋大楼，却几乎没人知道没人去，跟另外一条街的销售门市大门口大排长龙差很多。其实我还蛮建议上去看风景的，专用电梯是Olafur Eliasson设计的"完全静音艺术品"。

我承认我不喜欢LV，但是它在乡舍丽榭大道旗舰店顶楼的艺文空间却是我的私房景点。可以免费俯瞰乡舍丽榭过眼云烟般的奢华。

这是乡舍丽榭上的麦当劳，里面和外面当然都是观光客，外面还常常有很多流浪汉和骗子。

这些排队的人进去随便买个最便宜的包都够我在巴黎吃一个月，够十个非洲小孩吃一年，但是他们还是宁可排超过一小时的队进去买包。巴黎真的有很多不同的人啊！

家。好不容易抵达家门，直奔厕所纾解后，马上倒在客厅地板上，不愿起来，希望就这样沉沉睡去。我应该是昏倒了，总之我失去了片刻的记忆。

昏睡一会儿之后，我打了电话向朋友道歉没能见着他们，大家也都累得无法聊天，心有余悸地请我不要再提起大游行这件事。

法国为讨好中国而办的中国年大游行，大概是我看过最失败的一次活动，所有人都在抱怨，而我也真的不想再提到它了。我深深觉得，我应该很久很久都不会再到乡舍丽榭大道去。

万万没有想到的是，一星期之后，我又出现在乡舍丽榭大道上。

最近几天，巴黎都是阳光普照的好天气，而我却几乎天天都待在家里，除了想要恢复因为中国年大游行而消失殆尽的体力，最大的原因是我必须尽快找到住处。

但是在几天的努力之后，我总算得到一个结论——以我的法文能力和能负担的金额，要通过网络找到可以住的地方几乎是不可能的。

大皇宫
Grand Palais

地址：avenue Winston-Churchill, 75008 Paris
官网：www.grandpalais.fr
地铁站：一、三号线，Champs-Elysées Clemenceau 站

大皇宫是法国重要的展览场所。巨大天窗下的"Monumenta"装置特展总让人叹为观止。

于是在吃了一碗"康师傅葱烧牛肉泡面加五根空心菜加一颗鸡蛋加少许姜丝"之后，我决定改变策略，开始上网络聊天室寻找陌生人的恩惠。（泡面汤我留下来，要当晚餐配面包吃。）

"刚到巴黎学法文的亚洲男学生正在找可以合租的房间。容易相处，到过许多地方旅行，思想开放。会说英文和中文，可做语言交换，喜欢打扫并保持家里清洁，会做中、法、泰式料理和意大利菜，而且很会按摩。"

这是网络聊天室里人人都能看到的"关于我"简介。

后来发现，"我很会按摩"这句话产生效应了。巴黎很多人压力大，需要靠按摩纾解（要付那么贵的房租，也难怪）。

找上我的是一个乌拉圭裔的美国人，就住在乡舍丽榭大道旁的小巷里。他说他有一个一房一厅的公寓，客厅的沙发床可以分租给我，他每两个月回美国待上一个月的期间，整个公寓就都是我的。

我当然也得问问他是什么样的人、喜欢什么之类，他特别提到喜欢被按摩，我问："那可不可以用按摩来抵一点儿房租？"

"当然可以。"

于是，两小时后我就出现在乡舍丽榭大道上了，因为我愿意先让他体验，并且很有信心地认为他会上瘾而立刻决定把房子（沙发床）租给我。

独自走在乡舍丽榭大道上，虽然没有你牵着我的手，我心里还是愉快的。经过那些昂贵的奢侈名牌店面，我心想："我也快要飞上枝头做凤凰，住到这条被很多还没来过的人认为是全世界最美的大道上了！"要不是约会快迟到，我可能还高兴地想要进"拉杜蕾 Ladurée"跟观光客一起排队买个马卡龙来吃呢！

循着美国人给我的地址，我找到了他的住处，是个地点很好的公寓，里面整理得很干净，极简主义的装潢配上斜插在地上的四支灯管和液晶宽屏幕电视。他人看起来也很好相处，曾在很多亚洲国家和地区旅行，没去过台湾。

我想先让他上了按摩的瘾再开始谈房租问题，所以就帮他把沙发床先给铺好，很兴奋地试躺了一分钟，还颇舒服的，真的，比我在纽约睡了一年的那张床舒服多了；接着放上"Buddha Bar"的音乐，调上柔和的灯光，果真有了按摩院的气氛。

为了展现我的专业，我还在按摩前进行了仰天膜拜的仪式，让他相信我是代替上天要经由按摩给他能量。接着擦上帮助睡眠的精油，开始了我的按摩仪式。我的手指缓慢地在他的肩背滑动，从我接触他的身体，可以感受到他信任我，而且也得到了身心的放松。

"感觉真好！"他说。（他上钩了！）

"你以前房子租给人家要多少钱？"我接着问。（好吧，我承认自己心机重。）

"每个月一千五百欧元。"他不经意地回答。

"（天啊！）不要再说话了，好好感觉你的身体跟我的手正进行的舞蹈吧！"听到那个价钱后我按得更起劲了。

三十分钟后，他重获新生似的爬起来，接着说他得赶着出门和女友一起去乡舍丽榭看电影了，于是我们没有更多的时间讨论细节，他说等他从美国回来之后要请我吃饭，报答我的按摩。在这一刻，我不知为何有种被骗的预感，忽然觉得他其实只是要骗我免费帮他按摩一次，我从此不会再见到他了。

我带着些许惆怅离开他家，又把自己投入乡舍丽榭大道。看着这里往来穿梭的男女，我听到了自己心里的声音："其实我不属于这里！"

乡舍丽榭大道是个纸醉金迷的地方，人们用金钱在此大量消费，企图构筑梦想，但是仔细看看那些进出精品名店的人，我居然可以看到他们内心的不知足与不快乐。我心想："如果你来了，应该也会有同样的感受。"

我很快地离开了我负担不起的奢华，回到家里，喝了中午那一碗康师傅泡面汤，配面包，解决了我的晚餐，这些当然是不敢跟我那位坚持美食的法国朋友提起的；不过，我想我现在的心情，你应该能够体会。

小皇宫
Petit Palais

地址：avenue Winston Churchill, 75008 Paris
官网：www.petitpalais.paris.fr
地铁站：一、三号线，Champs-Elysées Clémenceau 站
★ 免费参观

小皇宫里的常设展有可以免费参观的艺术杰作，它的中庭咖啡是巴黎的一粒珍珠。

乡舍丽榭大道

巴黎症候群

巴黎症候群

第五章 玛琼塔大道一五四号

154 BOULEVARD MAGENTA

谁说外国的
月亮特别圆？

亲爱的：

我已经从玛黑区搬到了"巴黎北站Gare du Nord"附近。其实，我对这个地方并不陌生，我第一次从伦敦搭"欧洲之星"抵达巴黎，就是在这里下车的。我依然记得那时接触到巴黎空气的当下激动的情绪。当我坐在朋友车子里在玛琼塔大道上看到整齐的奥斯曼建筑的那一刻，我就爱上巴黎了；我对自己说："总有一天，我要搬来这个美丽的城市住，没有爱情也要自己来！"

几年后，我又来到玛琼塔大道，而且这次是要住在这条大道上；虽然只有六个星期，我的内心却已充满感激。

还记得我离开台湾前逼问你何时会来巴黎找我时，你回答说："如果有超过十天的假，我就去。"然而我们都知道这很难。

法国人每年的休假超过三十天，通常他们会把假期安排得更长些，布鲁诺就是这样，他要去摩洛哥旅行六个星期。在我的提议下，他让我在这段时间来帮他"照顾公寓"。住在巴黎的朋友听到我这样说，都觉得很不可思议，因为在他们的眼里，巴黎人都很不友善——骄傲、冷漠、优越感太重……这些负面形容词常常用来套在巴黎人身上，何况这个布鲁诺也只跟我见过三次面，便贸然答应让我住进他家，又不收我房租，是否有什么不良企图呢？我可没想这么多。当布鲁诺四个月前在台北街头迷路向我问路时，我还不是亲自陪他走到他要去的地方，那时我也不认识他啊。而我想他当时已经对我建立起信任感，而且他的房子空着也是浪费，我还答应要帮他付一个月的水电费呢。

　　第一次走进布鲁诺家的时候我真的被吓到了——好大！比起台湾穷学生朋友们住的小房间，这间位于玛琼塔大道上的公寓实在是太豪华了，两间分别足以容纳十人在里面打滚的大卧室，一间有浴缸的大浴室甚至比某些人住处还大，大客厅里有一张可以同时让至少二十个人入座的大桌子。而这些，在六个星期内，都是我一个人的！

　　在巴黎，寒冷冬天里能在大公寓内泡澡真是一种奢侈的享受，这就是我搬进来之后做的第一件事，于是之后在厨房里准备泡面、端到巨大的餐桌上独自晚餐的画面并没有让我觉得凄凉。

　　这公寓离我的语言学校很近，上学途中会经过北非移民颇多的十八区。因为有了两年纽约布鲁克林的居住经验，对于黑皮肤的人不会感到恐惧，反而觉得有种亲切感；事实上，在纽约帮助过我的还以黑人居多。当然我会接受布鲁诺的提醒："小心火车站里的扒手。"

　　搬进大公寓的隔天，我照例出门散步认识附近的环境，并决定回来前要大肆采购，把厨房的大冰箱装满，好像即将冬眠的动物必须大量进食。

　　玛琼塔大道八十五号有个"圣昆汀市场Le marché Saint-Quentin"，它是个传统市场，跟社区里每星期只营业两个早上的街道菜市场不一样的是，这是一个设在铸铁建筑里的"加盖菜市场"，除了星期一公休、星期日营业半天之外，每天营业到晚上八点，对我这个常常菜煮到一半才发现少买一根葱之类的人而言很是方便。虽然市场里的食材都不便宜，但我光是来这里看看食物都觉得人生美好。我喜欢到市场看当季蔬菜水果、颜色形状和名称互异的各式奶酪，看剥了皮的兔子和只剩头部有羽毛的雉鸡被吊在肉铺里、形状大小不一的生蚝海螺和大眼瞪着我的鲜鱼，看贵妇牵着拖车来买菜，以及菜贩和顾客聊到起劲，根本不管还有很多人排队等着招呼的画面；对我而言，这才是原汁原味的巴黎。然而，这个菜市场的东西真的太贵，我满足了视觉享受之后决定往另一个比较便宜的地方走去。

　　巴黎北站的东边是印度人聚集的区域，"圣丹尼郊道rue du Faubourg Saint Denis"上有许多家便宜的印度餐厅，这应该和十七、十八世纪法国在印度的殖民历史背景有关。走在这条街上，闻着咖喱味，看着路上皮肤黝黑的人、服装店里鲜艳的纱丽礼服、杂货店里的宝莱坞电影光盘，要不是杂货店店员在与我四目相对时说了声"Bonjour"，我还直直以为已经到了新德里。沿着这条路继续往北走，遇到地铁二号线的高架桥，彼得·布鲁克（Peter Brook）的剧院"Le Théatre des Bouffes du Nord"就在转角处。你还记得我们曾为他所导演的《摩诃婆罗多》深深着迷吗？

　　左转往西走，地铁二号线在"La Chapelle"和"Barbès-Rochechouart"这两站之间的高架桥下，每星期三和六都有菜市场。因为这个地区外来移民较多，所以市场里所贩卖的东西也比较多元，除了法国本地当季的蔬果，还有很多来自非洲，特别是北非的农产，价格也比较便宜，我想这里才是我买菜的地方。我仿佛可以听到摩洛哥人卖水果的吆喝声，虽然这跟你所想象的浪漫花都形象可能有所出入，但是却因为更贴近生活而让我觉得踏实，毕竟这次我不是以单纯的观光客身份来到巴黎，而是要体验真正的巴黎生活。在没有大量的金钱可以供我挥霍的现实情况下，便宜的移民菜市场应该是更适合我的所在。不过这一天并没有集市，我于是继续我的巴黎晃荡。

　　沿高架桥继续向西走就到了蒙马特小山丘，山丘下是巴黎著名的布料集市，顺着阶梯爬到山丘顶端就是美丽的"圣心堂Basilique du Sacré-Coeur"。"要小心阶梯上请你伸出手指的黑人，他们会在你的手指绑上他们坚称为艺术品的彩绳，套上后不给钱就不让你走！"我谨记着布鲁诺的警告，遇到向我走来主动示好的黑人就直接说"Non"。后来实在有太多手上拿着七彩线的黑人用中文对我说"你好！"或用日文跟我"抠妮基哇"了，我决定放弃圣心堂而往回走，继续沿着地铁二号线的轨道往西行。

　　经过了许多情趣用品店和有活春宫表演的戏院，隔着几条街之外的这

地铁站出口常看到的书报摊和邮筒。

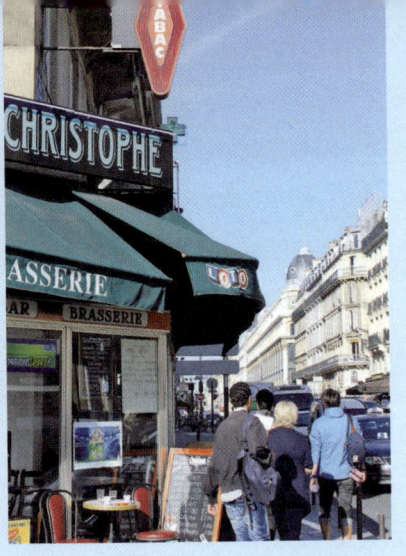

类似我们的便利商店的TABAC。

里又是另外一种风景；每家戏院门口站着的男女都不断地用英文怂恿我进去看"精彩的真人秀"，奇怪，我的脸看起来很猥亵吗？而街上偶尔会有浓妆艳抹的妓女跟我打招呼，她们倒是亲切多了，丝毫没有侵略性，我也微笑回礼。

我的微笑在看到一个画面之后就突然僵掉了，那是在展示橱窗内一张特别的椅子，椅子座位处中央有一个洞，坐上去之后两片屁股中间的地方刚好会是在那个洞上，洞的下面有一个电动转轮，而在转轮上转动不停的是六个粉红色、尖端看起来软软的似假还真的舌头！这让我看得起鸡皮疙瘩，一种很痒的强烈感受油然而生，原来这里是展示情色艺术的"情色博物馆Le Musée de l'érotisme"，而著名的红磨坊就在不远处。我依稀还能感受到罗特列克画中的气氛，因为冬天天黑得早，下午三点的傍晚，这里就已有红灯初上的媚惑氛围。

我没有继续往下走，因为我知道过几天朋友凯文来的时候，我还会带他来这一带尽观光客的义务。我回到了布鲁诺家附近的一家超市，进去之后看到什么食材都觉得自己不会煮！原来我的胃还没有变成法国胃，我还是习惯煮中式料理，于是胡乱买了些便宜的果酱和面包就回家吃泡面了。我当晚发誓隔天一定要去便宜的菜市场买很多蔬菜和水果，至少一星期不要吃泡面！

今天是我为了申请居留证而得去接受体检的日子，原本想要早起先去买菜，却因为昨晚睡得太香甜而必须改变行程先去体检。

我曾经看过一部关于早期美国移民的纪录片，片中搭船在海上漂流了日日夜夜的异乡客，带着精挑细选后认为一定要随身携带的行李，和漂洋过海的全身疲累抵达纽约港后，被集体送到爱丽丝岛上的临时收容所，等待接受体检。临时收容所的体检室非常简陋，几名医生要看遍大排长龙的外国人身体，简单的隔间里面，历尽沧桑的外国人脱光所有衣服，站在医生面前被任意翻看，男性区域甚至没有隔间，就这么大喇喇地敞开着。嘴巴张得大大的要看看有没有蛀牙，男人的阴茎被用笔杆状的棒子拨来翻去，还得弯下腰检查屁眼，很多人脸上都挂着受辱的表情，但是没办法，这是必经的程序。在开始他们无法确定是否会比在家乡更幸福的未来之前，他们一定得通过这一关——被当成待验物品似的对待。只要过得了这一关，就能通往期待中的未来，所有长途跋涉的辛苦、长期海上漂流的孤寂、离乡背井的愁绪、体检时外在身体受到的侮辱，似乎也都值得了。终于过关后，那些外国人仿佛获得重生般地个个面带灿烂笑容，可能因为充满了太多错综复杂的情绪，那微笑在我看来近乎傻笑，即使因为海关人员的疏忽或偷懒而被冠上了新的姓名也不在乎，就那么一味地傻笑着，他们从此可以合法居留了，无论如何，这意味着他们已经有了一个新身份，将在一个新世界展开不同以往的新人生。

而这样的情况在几十年后的今天并没有太大的改变，只是场景和演出者变了。

我在巴黎"国际移民中心OMI"接受体检的过程和感受，就跟那些早期的纽约移民一样，充满难以言述、错综复杂的私密情绪，且容我向你娓娓道来。

为了今天的体检，我必须逃学一天，因为将近一个月前的预约单上只有今天早上尚有名额，不接受就得再等两个礼拜或更久。逃学这件事对不用功的学生如我其实没什么大不了的，我有时看天气很好，心血来潮就逃学去闲晃，但在一个月前就知道自己在这一天即将逃学的感觉还是怪怪的，比临时起意的缺席更让我感到对老师的愧疚，这是一个迫不得已的预谋！

总之，我依照约定，逃学前来了。经过"烟草咖啡店TABAC"时还终于心不甘情不愿地买了一张五十五欧元的昂贵邮票贴在我申请居留的文件上，而后搭上地铁来到位于三号线底站的巴黎郊区；眼见错过一班公交车而决定步行后，终于汗流浃背地赶在约定的时间准点抵达体检处所在。

门口的阿伯拿着一把尺,不以正眼看我而以几近命令的口气要看我的护照,并要我打开背包接受他的检查,以免我携带武器伤害了法国公务员。他是第一关。

第二关是缴交证件。接着,我进到一个满是等待中的外国人的空间,跟他们一起进行冗长的等待。我一直听到法国公务员用机器般的声音怪腔怪调地叫唤着外国人的名字,显然很多人的名字发音对他们而言太困难,于是被叫出来的名字都像是植物的学名,有时还会出现唱片短暂跳针一般的卡音,回应那些名字的人则充满了疑惑:"那个怪名字真的是我吗?"我一面等待,一面观察着跟我一起等着的大批外国人,这里有着来自世界各地不同的人种,虽然肤色和发色不同,但眼神都充满了无奈与不耐,以及或多或少的无助与彷徨。从他们的样子和表情很难读出他们来法国的理由,但从他们满是风霜的脸色和倦容可以看得出来他乡异国的生活之苦,每个人脸上都带着一抹藏在深处难以言喻的淡淡忧伤。

"Monsieur玲娜?"有着北非脸孔的男人喊的应该是我,显然我刚刚久等难耐去上厕所的时候他已经叫过我的名字了,所以脸很臭。这是第三关。

"Oui."我以我的护照让他确定我就是体检表上载名的人,领了我的体检表,被指示到另一边进行第四关的等待。

"有小孩吗?"我听到这样的问句。每个等待的女人被叫唤了名字后都被指着肚子问,那口气好像严厉的父母责问自己的女儿是否曾经在半夜偷溜出去跟野汉子睡觉。

"Monsieur另哪?"等了好一会儿之后,另一张皱着眉头的脸叫的也是我。挂着这张臭脸的女人指示我进入一个小房间,用播放录音带般的口气对我吐出一大段法文,因为她从头到尾没正眼看我,所以并没有看到我听不太懂的表情。她离去前指着小房间的另一边门上贴满用各国文字写就的说明,我找到中文说明,把她刚才对我说的"录音"翻译成这样:"透视,为方便检验,请你保持上身裸露,女士请去掉首饰,并束起长发,谢谢合作。"我很熟练快速地在小房间里成为裸着上身的男人,等待下一个传唤。因为等太久了,我得以有足够的时间看看门上各国文字的说明,并对照法文、英文

经过奥斯曼整顿后的巴黎，有了今日整齐的样貌。

以及中文的说明，而在中文的那一张纸上好心地帮他们补上"请锁上你身后的门"这句他们漏掉的警告。

"Monsieur拎！"另一扇门后有个女人叫我，那声音真吓人，如果时间足够，我真想在中文说明单上再补个一句"内有恶犬！"。推门而入后，一名身穿白袍的检验师凶巴巴地指示半裸的我站到一台巨大的机器前，狠狠斥责我不可顺手拿着随身物品，严厉地要我把它们留在小房间里。她让我想起了中学时经常罚我们跪下的老处女化学老师。她命令我胸部贴着冰冷的机器，深吸一口气，屏住那口气，五秒钟后完成了我的胸部X光照射，随即凶狠嫌恶地对我说可以离开了。

我糊里糊涂地跟着一群照完X光的人随着一个黑人的带领到下一个关口等待。数分钟后，一个气冲冲的阿婶叫唤着我的名字："Monsieur另呢！"听到这样的叫唤，即使她的发音不正确，我也能分辨出那是对犯错的小孩

「我希望我的小孩有更美好的未来！」这是许多移民家长的心愿。

由彼得·布鲁克掌舵的剧场。

玛琼塔大道一五四号

巴黎症候群

严厉斥责的口气。我想起小时候有一次我的婶婶在我老家四合院院子的另一头叱唤我堂弟"兮冇丟乁（该死而没死到的）！"，那一声叫唤让当时大约只有八岁的堂弟吓得魂飞魄散，马上丢下玩到一半的游戏，沿着院子跑两大圈，等比较镇定、仿佛重新知道自己是谁之后，迅速跑回家去吃晚饭。我虽然被大声叫唤后胆战心惊，却还是得在众目睽睽之下承认我就是"另呢先生"。原来我错过了第四关，不过那不是我的错，是第五关的X光女士拿走我的体检表让我先照了X光。总之，这位第四关的凶阿婶和第五关的凶女士互相指责后又把我带回第四关，测量我的身高体重和视力。

穿着衣服和鞋子、下个星期即将三十四岁的我，身高一百七十六公分，体重五十五公斤，视力在戴着眼镜的状况下良好，这个检查只花了大概两分钟，其间阿婶对我凶恶地说了两次"NON!"，阻止了我在站上体重计前脱掉鞋子和测量视力前摘下眼镜的冲动，她比我遇过的任何老师都凶，大概只有我的汽车驾训班教练可以跟她相比。我曾经被该教练骂得不敢自己去学开车，必须请我妈陪我去，结果我妈眼睁睁地看我被臭骂，坐在车子后座偷偷流泪！这里真的唤醒了存在于我心中所有曾经被斥责的不悦记忆。

接着是我不明所以的第六关，好像跟我没什么关系似的，第四关和第五关的两个凶女人一起皱着眉头在我的体检表上胡乱填一些资料后，我又被带领到第七关前等候，我偷听到她们今天总共看了一百一十八个人。

"Monsieur 林？"这回终于有人叫对了。我跟着这一位看起来比较和蔼的阿婶进了另一个检验室。她先问我会不会说法文，知道我只会说一点点之后才开始慢慢地问我问题。

"你以前是做什么的？"她甚至还为了问这样的问题道歉，显然这跟体检没有多大关系。知道我以前在教书之后又继续问我为什么来法国、在这里做什么，我很高兴终于遇到一个愿意对我像人一样地说话，而且问一些人性化的问题的人。我告诉她我来学法文、法国文化和美食，今年是我的"休息年année sabatique"。她在检查我的膝盖神经反射之前问我知不知道明天将要开幕的国际书展，并告诉我今年的书展主题是中国文化。在受尽几近非人的对待后，我在她和我闲聊的话题中不断地感到惊喜和人性的温暖，很想投入她如母亲般的温暖怀抱中痛哭，把我刚才所受的委屈宣泄一空。

她大略地问了我的病史，一再问我有没有精神、睡眠上的问题，当然标准答案是"没有问题"——管它事实是什么，我的回答会被她做成记录哪！她从X光片上告诉我早已知道的脊椎侧弯，还说我太瘦了，口气像我妈，其他从听诊器上和肉眼所见都算正常，并建议我去注射破伤风疫苗以防万一。我几乎是依依不舍地离开她，因为她的身材真像我慈祥的姨妈，而且是整个冰冷的OMI里唯一让我感受到温暖的人。

我总共在OMI待了将近三个小时，花了五秒钟照了胸部X光，两分钟量身高视力体重，五分钟和慈祥的检验师聊病史和体检结果，其他时间都在等待。而下个星期我还必须再去学生中心继续我的居留申请，顺利的话就可以合法在法国居留到今年十月十五日。之后如果想继续留下来，就必须再经过一次同样的申请居留过程。唉！这真是一种折磨，更是一种侮辱！

以上就是我今天体检的经过，这只是我申请居留证的过程之一。我想那些已经在法国居留很久的前辈，一定也吃过同样的苦，而且有着更多为生活打拼的辛酸。那些我们所知功成名就、衣锦还乡的移民，他们在异乡的成功要经过多少的艰辛和努力啊！我真是不敢想象！

拿着我的检查结果和X光片，我走出OMI，今天的太阳虽然不大，但还是带来了一些和煦的暖意。我大大地喘了口气，庆幸自己踏出了冷酷的国际移民中心。

回家的路上，我绕到高架桥下的集市，所有的摊贩果然都已收摊了。我看到一个中国妈妈带着她大约三岁的儿子捡拾菜贩丢弃的败菜，还看到另一个抱着婴儿的中国阿婶跟另一个也来捡菜的东欧妇女抢夺一棵几乎已经腐烂的大白菜。我看了一阵心酸，眼泪差点掉下来。

亲爱的，谁说外国的月亮特别圆？

巴黎症候群

第六章 拉丁区和艾菲尔铁塔

LE QUARTIER LATIN ET LA TOUR EIFFEL

只要你有足够的自信，
就可以在巴黎存在。

亲爱的：

　　找房子这件事俨然已成为我生活中最主要的头痛原因，我每天都得花上一段不算短的时间看租赁广告，免费杂志、网络、报纸上的可能讯息我都不放过，只要认识新朋友我就会请他们帮我注意是否有合适的地方要出租。但是，大部分刊登在广告上的公寓不是太远、太小就是太贵，稍有合适的房了却老是在我打电话过去前就已被人捷足先登，或是电话那头一听到我的外国口音就马上说抱歉，再不然就是对话进行到一半，对方觉得我的法文难以沟通，就会说"Laissez tomber!（算了！）"，便狠狠挂掉电话。真正能让我去看房子的却都不适合，或者必须跟很多人一起排队看房，加上因为没有保证人，我总是得到"谢谢，再联络"的答案。每每看完房子离开时，心里总有"何处是家"的惆怅。

　　在巴黎租房子真的像打仗，你必须准备非常完整的资料，除了要能证明你有能力付房租，通常还会被要求列出保证人，就是在万一你缴不出房租时必须帮你代付的人，所以也不是随便的人都可以。除了保证人的签名背书之外，你还必须提供他的薪资单，确定他有足够的收入可在必要时帮你付清房租。对外国人而言，"保证人"通常是最难的一关。我如何能在刚抵达一个国家不久就找到愿意帮我担保且薪资条件符合的人选？

　　前天早上，因为房东霸道的时间约定，我逃学去看了一个离学校不远、在郊区的公寓，这是一处难得房租和租期都符合我期待的分租公寓，而且

巴黎街上，常常可以看到穿着举止都很优雅并充满自信的女人。

教堂前刚受洗的小孩和他骄傲的父母，提醒我法国毕竟还是个保守的天主教国家。

这样的庞克青年在巴黎其实少见，当然吸引了不少目光。我也要——

只需要两个月的押金，不需要保证人，唯一的缺点是来自中国大陆的老太太房东进出她的房间前都必须先穿过我的房间。我想，待租的房间原本应该是客厅，被老太太当成了一般房间打算出租，而这也是它比起其他地方来得便宜的原因。老太太说她早睡早起、生活规律且永远在家，不过大部分时间会在自己房间里，保证不会打扰我的生活；我心里霎时浮现家中随时有个轻手轻脚的小老太太经过我的房间、可能会看到我没穿衣服的德性而吓得中风的画面，当下决定不搬进去住。

不过，这个小老太太带给我的忧伤并未在我心中盘踞太久，很快地就被另一件令我兴奋的事情所取代。因为这天是两个台湾来的朋友终于要带我去梦寐以求的学生餐厅吃饭的日子，那是你可以花二点六欧元就能吃一餐的地方。虽然这是政府专为学生设置的餐厅，但因为不检查学生证，所以大家都可以去。这样的价钱能吃到像样的法国餐不容易，而且还真的有法国三样——前菜、主菜、甜点，即使得排很久的队，我也甘之如饴。朋友说第一次听到有人要去吃学生餐厅如此兴奋，他们可是一想到要去吃学生餐厅就心酸呢。不过我只要想到用二点六欧元就可以在外面吃一餐，就觉得真是天大

拉丁区和艾菲尔铁塔

的恩典。

幸好有两个朋友跟着一起来，可以边排队边聊天，所以还不会觉得排太久，也不至于太在乎自己的年纪在年轻的学生群中显得"太够格"了。我们用二点六欧元和不算短的排队时间，换来了冷盘色拉前菜，主菜是红酒烩羊肉和利马豆及法国四季豆，甜点我选了水果，这样的一餐也算是物超所值了。

吃饭的时候，望着盘中的大豆，遥想自己一九九六年第一次去伦敦，因为天天吃豆吃到怕，在两个礼拜内瘦了将近三公斤的往事，而且英国人就是有办法每天煮不一样的豆，听说有人在英国寄宿家庭吃了十天豆之后，看到盘中豆不禁号啕大哭的真人实事。唉，在国外生活的人能有几个不辛苦呢？我必须说服自己更坚强。

下午在学生餐厅附近的左岸拉丁区晃悠，这一带已经成为巴黎的时髦精品区，耳中听到的不再是学生口中的拉丁文，而是美国观光客的英语购物经。冬天里还是有人在吃冰淇淋，一球二点五欧元，几乎等于学生餐厅里的一餐。

我们找到一家难得还有点学术气息的咖啡厅坐了下来，两个比我早来巴黎留学的朋友听着我诉说找房子的辛苦，不断给我意见和鼓励，让我觉得好过一点儿。回家的途中，在地铁站看到一个打扮时髦的金发女人急忙地将手上所有的购物袋往月台的椅子上一丢，大红外套和鲜黄塑胶椅形成强烈吸引人的画面。我看着她以熟稔迅速的动作翻找出名牌手袋中的香烟，优雅地划着火柴，猛然地吸了一口烟，接着非常放松地缓缓将烟喷出，样子像极了瘾头发作的毒虫、鸦片鬼，可她又做得如此优雅，真让人为她的下一代担忧。在法国抽烟的人真的太多了，昂贵的烟价也阻止不了他们，大概是因为抽烟的形象被塑造成像眼前这女子那般迷人吧！巴黎人的骄傲与自信，正是他们的迷人之处，即使在禁止抽烟的地铁月台，他们也可以优雅地点起烟，完全无视他人的存在，这一点我还学不来。

回到布鲁诺位于玛琼塔大道的大公寓里，我决定暂时不再看租屋广告，要为自己准备一次私人SPA。在他那间比我五天前看到、租金昂贵的顶楼佣人房还要大的浴室里，我为自己点上蜡烛，在热水里滴入薰衣草精油，因为好友凯文的即将到来，我愉悦地计划着周末与他的观光行程，在水里放松地睡去。

亲爱的，你还记得凯文吗？就是那个越南出生的华裔澳洲人，他到台湾工作的那几年跟我混得很熟，我们两个总有说不完的话，两个中国人，却必须用英文沟通。搬回澳洲之后他竟被原公司裁员了，虽然没有足够证据，但他几乎肯定这是因为种族歧视，他因此改行当起空服员，正好也满足了和我一样喜欢到处旅行的欲望。

由于刚刚抵达异国不久，我很高兴能有熟识的朋友来拜访。虽然他只能短暂停留，却已经让我觉得十分珍贵；不过昨天我应该是泡澡太久而受了风寒，身体微恙，而且他也因为时差和航程上的勤务而疲惫不已，我们并没有出去走动。我在住处教他学着用中文念飞机上的广播词，好让身为空服员的他在飞机上能让听中文的旅客听懂……

"各位旅客，由于空厨罢工，本班机将不提供餐点服务，我们的空服员稍后将发放餐券，您可以在抵达机场后于机场餐厅凭该券免费用餐。感谢您的谅解。"凯文承认每次念完这段话之后，就没有脸见乘客，怕被他们杀了，活剥生吞。想也是，在超过十三个小时的飞行途中，完全没东西可吃，这也太不人道了，而且这倒也不是吃不吃得下的问题，机上食物之难吃众所皆知，但如果没有偶尔被喂食，在飞机上不是太无聊了吗？空服员送东西来吃其实娱乐性质大于实质的民生目的，不是吗？而且要乘客抵达机场之后，让前来接机的家人和朋友等他先去机场餐厅吃一顿，好像也太怪了些。

接下来这个更经典："各位旅客，刚才机长宣布我们的飞机遭遇气流，有少数乘客受伤，我们的空服员将送上急救药品；如果您有需要，请向我们的空服员领取，谢谢。"这也太骇人了，我怀疑最后那句"谢谢"该用什么语气来说。

幸好上述状况从没在我身上发生过。

昨天我不太舒服，没能为自远方来的朋友下厨，还让他请我出去吃饭。凯文是懂我的，尽管看到我暂时落脚的地方很豪华，他还是搞不懂为什么

这间博物馆的外墙是一面美丽的植栽墙，常常推出重量级的展览，餐厅便宜又美味。

布利码头博物馆
Musée du quai Branly

地址：37 quai Branly, 75007 Paris
官网：www.quaibranly.fr
地铁站：九号线Alma–Marceau 站

街头广告箱。

连接拉丁区和罗浮宫的艺术桥上常有音乐人聚集玩乐器。

我要放弃台湾的舒服生活，搬到巴黎来找罪受。

布鲁诺家附近的蒙马特有一些不错的餐厅，有好几家颇具传统法国味的小酒馆（bistro），但它们不是太贵就是恰好没位子。我们两个又饿又冷的观光客，只好到一家装潢还像法国餐厅，菜单上是法国菜、价钱也还可接受的大一点儿的餐厅（brasserie）用餐。

一进门，服务生就用英语向我们问好，我应该当下就意识到这是一个"赚观光客钱"的地方，就是那种随便煮随便服务，"反正我知道你不会再来了"的餐厅。服务生是阿拉伯人，顾客多是说英文，服务速度很慢，服务生嗓门又大，顾客点完菜后，服务生立刻朝吧台喊着下单，好像要让所有人知道这个傻观光客又点了什么可笑的菜色，而且餐厅里居然还有一个小孩在玩捉迷藏——她不是应该被用狗链拴起来的吗？

我们的菜送上来了。凯文的"油封鸭腿confit de carnard"和我的"鞑靼牛肉tartare de boeuf"一上桌之后真叫人吃惊，根本就是美国食物，而且很难吃。我根本无法吃下肚，只想赶快回家为自己泡上一包康师傅牛肉面，而这还花了我们三十欧元！

但我想这就是观光客的"义务"吧！你到一个陌生的国家去玩，手上又没有日本人写的巨细靡遗的旅游指南，大概就是会被骗上这么几回。不过，观光客最大的义务应该是要到著名的观光景点拍照，而这是我和凯文今天的主要任务。

我的逛街装扮吸引了不少人的目光——秘鲁印加风格的羊驼毛帽、兔毛背心、及膝红皮长大衣、请朋友用黑白相间长毛地毯做成的长裤、红色意大利皮鞋、云南阿诗玛民族风斜背包、意大利软羔羊皮手套、金色绣中国花蝶的口罩。嘿，我在流行之都巴黎耶，不然你想怎样！

机智问答："巴黎最受观光客欢迎的观光景点是哪里？"

答对了，正是"艾菲尔铁塔La Tour Eiffel"。

寒冷的冬天里，艾菲尔铁塔四个脚下都排了长长的队伍，等着花大笔钱登上铁塔，看看巴黎的景色。这个当初为了一八八九年世界博览会和纪念法国大革命一百周年而建造，曾经被巴黎人以"太丑"为理由而痛恨的铁塔,早已成为巴黎的地标——因为你几乎在任何地方都看得到它,每年也为巴黎带来大笔观光收入。我想,艾菲尔铁塔只有巴黎才能成就,就像所有人都能在这里找到属于自己的样子;不论是否真的很丑,只要你有足够自信,不觉得你的穿着和形象有什么差错,你就可以在巴黎存在,甚至会有人觉得你很有特色而加以赞赏,而这也是巴黎吸引人的地方;就像我在台湾被很多人认为的奇装异服,在巴黎却常有路人跑来说很欣赏我的穿着一样。

拍摄铁塔的最佳地点是Trocadéro地铁站出来的夏佑宫(Palais de Chaillot);最浪漫的应该是黄昏时分搭塞纳河游船去看每个整点的闪灯秀,而最巴黎人的接近它的方式是晚上去它下面的Champs de Mars草坪野餐。

　　凯文曾经上去过艾菲尔铁塔,他说依队伍的长度看来,那些排队的人至少得等上半个小时才能坐上登塔电梯。我很担心那些排队的人,尤其队伍里有很多小孩(虽然我对小孩过敏),倒不是因为他们得在寒风中至少等上半个小时,他们如果觉得太冷,随时可以放弃。我比较担心的原因是因为心中想象着这般的画面——他们等了很久,身体几乎失温,好不容易被送上无路可逃的铁塔顶端之后,塔顶的温度肯定比地面低,加上风又大,阴灰的天气里能见度也低,能看到的东西其实有限。浪漫的情侣互吻着彼此冻僵的嘴唇,一点儿也没感觉,小孩子由于没有狗链拴着而到处乱跑、尖叫,更小的则早已哭成一团。你已经冷得受不了了,却还必须再排至少半个小时的队、剩半条命地搭电梯下来;然后你自问:"我干吗花十欧元受这种罪?"

　　答案是什么?

　　又答对了,因为你是观光客。

　　所以我大部分的巴黎朋友都没上去过艾菲尔铁塔。

艾菲尔铁塔
La Tour Eiffel

地址：5 avenue Anatole France, 75007 Paris
官网：www.tour-eiffel.fr/
地铁站：六号线 Bir-Hakeim 站

艾菲尔铁塔的国庆节烟火表演。

因为住处不明，我至今都还是以观光客的心情在巴黎生活着。身为观光客，虽然偶尔会吃点小亏，但是能以对什么都好奇的态度来看这个世界，其实就是一种幸福。很多当地人觉得无聊的事物看在观光客眼里都变得新鲜有趣，而且比起为生活忙碌、没有心情注意周遭之美的当地人，观光客的无忧无虑当然是幸福多了。所以，偶尔尽一点儿观光客应尽的"义务"其实也没什么不好。

踩到狗屎例外。

拉丁区和艾菲尔铁塔　　　　　　　　巴黎症候群

巴黎症候群

第七章

凡仙市两区路十九号

19,
RUE DES
DEUX COMMUNES,
VINCENNES

艾蜜莉的异想巴黎根本不存在，
你听到了吗？

亲爱的：

我又搬家了。

这回住到巴黎近郊的"外省"来了。

通常我们所称的巴黎，指的是有二十个行政区的"小巴黎"。法国共有九十九个行政省，"小巴黎"在行政区分上属于第七十五省，其他只要是在这二十个行政区以外的地区，即便还是属于"大巴黎"的范围，骄傲的巴黎人就已经把它们视为"外省"了。（整个大巴黎都会区称为"le-de-France法国岛"，其中包括第七十五、七十八、九十一、九十二、九十三、九十四省。）

"一出了巴黎市区的périphérique（外环道），就是（化外之地、蛮夷缺舌的）banlieu（郊区）。人们讲法语带有低阶层的口音，外来移民在那里拼命生小孩领政府救济金和制造社会问题。"这是我的法文老师说的巴黎人对郊区的成见。

我现在住的地方是和我语言交换的法国人尚吕克的家，他为了去中国旅行而自修中文，我们在几次语言交换之后他就去了中国。在他外出旅行的这段时间，我可以住他家，帮他照顾公寓。

这里属于第九十二省，一个被称为"凡仙Vincennes"的城市，因为"凡仙森林Bois de Vincennes"就在旁边。这里其实紧邻着小巴黎，搭乘地铁一号线就能抵达，距离巴黎市中心只要十五分钟车程，甚至比巴黎第十六区的居民到市中心所需的时间还要短；不过因为属于另一个行政区，对不起，你就不是巴黎,你就是地位较低的"郊区"!

然而我是喜欢凡仙的,因为这里确实比较安静,而且观光客的足迹罕至,街道也比较干净,所以住在这里让我觉得生活比较踏实。而且因为旁边就是大森林,不论是否为真,至少心里觉得空气也比较新鲜。喜欢养狗的你应该也会觉得这里比较适合居住,因为凡仙遛狗的环境清幽到你可能会跟你的狗散步到不想回家。

刚刚搬来的那天下午,我散步到"凡仙城堡Chateau de Vincennes",这是建于十七世纪的皇家行宫,因为几乎没有人在冬天来参观而显得凄凉。城堡后面是赌马场,我看到这里有骑马教学课程,等生活稳定之后我一定要来上课,为实现在蒙古大草原骑马奔驰的梦想做准备。凡仙森林占地很广,我没有打算进入森林让自己饿昏、冻死,所以只在靠近市区的"花之公园Parc Floral"里看看已经开始绽放的黄水仙之后就打道回府了。

我为自己点上蜡烛,尚吕克的家里顿时增添了暖意。我用尚吕克自学中文用的录音机录下自己说的法文句子;听着自己的读音,我被吓到了。为了不想晚上做噩梦,我停止用自己的法文发音摧残耳朵,改放你在看完电影《艾蜜莉的异想世界》后买来送我的杨·提尔森的《瀑布之路rue des cascades》,为自己泡上一碗陈年普洱茶,加上几朵菊花。在这个黄昏与夜晚交替、被电影人称为"魔术时刻"的当下,我在心里对你说:"电影里艾蜜莉的异想巴黎根本不存在。你听到了吗?"

前天晚上十二点一过,二十四日刚刚开始没几分钟,帮我搬家的尼可拉打电话问我对新环境是否习惯,并且祝我生日快乐,问我生日这一天想做什么。我随口回答说要把他绑起来,然后打电话叫所有的朋友来同乐!他说那么我们一定要见面。

少数几个我在巴黎认识的朋友这几天也不断地问我生日要怎么过,好像第一个在巴黎度过的生日是很特别的。殊不知,其实我早就决定今年的生日就安安静静地过吧,我连一个属于自己的住处都没有,不可能像在台湾一样利用自己的生日为借口办个派对娱乐朋友,也没有认识愿意花大钱为我办个狂欢派对的人,所以就像平常一样地度过这一天也好,它本来就只

凡仙森林里的花之公园，春天繁花盛开的景象。

凡仙森林就在巴黎边缘，搭地铁一号线在Chateau de Vincennes站下车就可以抵达。每次我想离开市区，又没有太多时间时，就会往那里走。

是生命中的一天，如此而已。

今天我照常到学校上课，老师提醒明天要记得缴交法文履历表，这是我们这些天学习的重要主题。下午跟尼可拉见面时他把自己的履历表借我参考，我才窥知他真是个不简单的人。他的专长是政治，并且拥有MBA学位，除了会说英文法文德文西班牙文葡萄牙文阿拉伯文和俄语等多种艰难的语言之外，还曾在许多国家担任许多重要的职位，而他今年才三十岁。在送给我的卡片上他写着"祝二十五岁生日快乐"；跟他的成就相比，我大概真的只有二十五岁吧！还好我早就放弃跟别人相比的念头了。大部分社会成就很高的高中同学早就让我放弃跟其他人比较的念头，这样生活比较容易，否则真要自惭形秽到无地自容的地步了。

是的，亲爱的，我今天满三十四岁了。

当尼可拉以法文里对不确定的未来所使用的虚拟时态动词问我之后要做什么的时候，我只能回说因为没有地方住，我决定两个礼拜后到西班牙等地旅行两个月，而更远的将来仍是未知数，也没有任何计划。生活将把我带到哪里，我就去哪里。

然后我独自回到凡仙，为自己煮了面条，加上酱油、麻油和"老干妈辣椒酱"做成干拌面，还把一把将近五欧元、为了省着吃而已经发黄的芥兰菜全加了进去，这就是我的生日晚餐。

我收到的唯一的生日礼物是菲利浦送的斯汀最新专辑《Sacred

两区路这一条街分属凡仙和蒙特艾这两个行政区来管辖,不过这不重要,反正对巴黎人而言,过了外环道,你就是「郊区」。

Love》,因为我曾在他家的收音机里听到专辑中的《Stolen Car》这首歌。当时我告诉他,我觉得这歌词前两句讲的好像我——"我是个坐在有钱人的车子里的穷人,在孤寂的夜里想象着富有的生活……"此外,还收到很多朋友寄来的电子贺卡和电邮祝福,因为这一切,我感受到可以持续一整年的幸福,感恩。

翻看着尚吕克的藏书和陈列在客厅的小东西,我发现这个法国人真的对中国文化有很大的兴趣与迷恋,跟那些我平常遇到的连台湾在哪里、中文和日文都搞不清楚的骄傲法国人不一样。我还记得和他语言交换时,他甚至说:"中国文化才是真的博大精深,敬老尊贤的儒学和中庸之道的哲学思想,这些都是值得法国人学习的。"他还说,只要看我怎么吃都吃不胖,就知道中华料理才是正道,所谓的法国美食只是有钱人的故作姿态,他觉得我们才是真正"savoir-vivre——懂得生活"。他搞不懂为什么我要放弃一切跑来法国,他可是希望赶快学好中文之后能放弃一切到中国大陆或台湾去呢!

其实,我并不是因为觉得生活不好才到法国来找机会,反而是感到生活太舒服之后,希望能在自己渐渐怠惰堕落之前换个环境生活,好发现自己更多的生活本能,透过另一种层次的生活经验让我的人生更丰富;即便必须遇到挫折、得克服困境我都愿意接受。因为只有这样,才能更激发生命的本能,不是吗?

在三十四岁生日这一天,我打电话回家,也因此终于找到了这个问题的答案——往后如果有人问我打算在巴黎待多久,我会这样回答:"我妈说,如果我再继续饿肚子、消瘦下去,她会命令我马上回家!"

其他的,都是未知数。这就是我,跟年纪无关。

凡仙市两区路十九号

巴黎症候群

第八章 拉榭思神父墓园

CIMETIÉRE DU PÉRE-LACHAISE

法国人祭拜偶像的方式
真是奇怪啊!

亲爱的：

　　还记得我跟你说过的，由于对"死亡"的着迷，每旅行到一座新的城市，我总会想去参观当地的墓园吗？

　　我喜欢在墓园里漫步，尤其是在白天逛西方国家的墓园，这于我是一种私密的享受。它跟我们从小看到的坟冢不一样，我一点儿也不会害怕，反而常常因为墓园内有大量的绿地、整齐的街道式划分和特出的坟墓设计而流连忘返；我喜欢在青铜雕像与墓碑之间穿梭，想象每个墓地所述说的故事，思考人生的问题与答案。

　　当然我也知道我那乡下迷信的娘如果知道我想这么做，一定会加以制止，她每年农历七月都会主动打电话叫我"鬼月期间没事不要出门、千万不要玩水"。可是我又有足够的理由来反驳墓园可怖之说，即便我告诉你"其实我是从墓园来的！"也不算牵强，这倒不是因为佛教轮回那一套说法，而是源自我爹娘的真实爱情故事。

　　我爸念初中的时候因为心仪同校不同班的我妈，在那个男女不敢直接大胆地上前去问"你愿意跟我睡吗？"的年代，他偷偷表达爱意的方式就是：常常跑到我妈上学会经过的坟场，躲在坟墓后面轻声温柔地叫唤着她的名字。这当然把我妈吓坏了，甚至不敢去上学。后来知道是一个喜欢她的男生这么做之后，又好气又好笑地对他留下了深刻的印象。他们的爱情故事正

这里长眠着一个像我一样的演员。

是从那个墓园开始的,而多年后出生长大的我,在听了我妈这段甜蜜的抱怨之后,从此对墓园多了一种浪漫的联想。

今天我之所以会再度晃荡到"拉榭思神父墓园",是为了安德列欧的缘故。

还记得我向你提过四年半前在柏林认识的西班牙朋友安德列欧吗?他忽然心血来潮,决定在我去巴塞罗那拜访他之前,趁他还没找到工作之际先来巴黎与我共度一生中的一周时光。

安德列欧就像其他爱迟到的西班牙人,比我们相约的时间晚到了一个小时。在巴黎北站等他的时间中,我看到很多重逢与别离、欢笑与伤悲。

在刻意避开几组三人成群、训练有素的吉卜赛女孩专业小扒手之后,我和一个前来搭讪的年轻英俊小伙子四眼相遇。

"你好,我可以耽误你一些时间吗?我有好东西要介绍给你。"他开场的这个问题原意是:"傻观光客,我可以从你那里骗一些钱来吗?别担心,我会用一些你这辈子都不会用到的东西跟你交换。"

"我听不懂。"我故意用怪腔怪调的法文吃力地回答。

"那你说英语吗?"他立刻换个语言对我说,简直无所不用其极。

"是的。"好吧,反正我在等人,闲着也是闲着,倒想看看他葫芦里卖什么药。

"我只想让你知道我必须打扰你几分钟的时间,那是我的工作。"

"什么?他们花钱让你来打扰我?"我故作惊讶地回答。

"不是的。我是要向你推荐一本好书……"(他一边喷口水,一边继续用英文没完没了地对我说。我则同时假装边听边翻阅那本他所谓的"好东西",那是一本用漫画介绍巴黎观光景点的书,据说卖得的钱会捐给某个我听不懂的慈善机构。)

"可是里面都是法文！"我不想花钱。

"法文是一种很美的语言。"他斩钉截铁地对我发誓。

我硬是要把书塞还给他，边一直摇头说："不。谢谢！"潜台词是："是啊，我正在为这美丽的语言受苦受难呢！而且如果安德列欧再不出现，我又要逃学了。"

幸好此时安德列欧带着他加泰隆尼亚式的不羁出现了。长长的头发、没有修剪的胡子，让我印象深刻，一脸毫不在意的微笑，唤醒了我对彼此在柏林相遇的美好回忆。被他激情地拥抱之后，漫画书男孩不见了，我的钱包还在。

因为安德列欧的迟到，我又必须翘一天课，以便在他的观光客行程开始前，先把他安顿到我位于凡仙森林旁的暂时住所。我们才刚刚抵达我目前借住的尚吕克家，他妈妈马上就打电话过来，频频询问他在巴黎的一切，好像他们已经分离三年、相距三千公里！我不确定这是因为他，还是因为讲求男子气概的西班牙男人其实都有离不开母亲怀抱的柔弱一面。

"你朋友是谁？"妈妈总是想知道自己的儿子交些什么样的朋友。

"台湾人。"他大概懒得告诉她关于我们如何在柏林认识的经过，以及那个狂放不羁夜的细节。

"台湾？是黑人吗？"（这也差太多了！）

"妈，他是台湾人，怎么会是黑人呢？"西班牙文即使争执的时候听起来还是很性感。

"台湾不是在非洲吗？"

"不是，台湾是在亚洲，所以他不是黑人，再见。"

但其实安德列欧并没有挂掉电话，他们竟然花了数分钟在手机上讨论我的种族，七十二岁的西班牙老太太最后还是搞不清楚台湾在哪里，住着什么样的人。这样的情形我当然不是第一次遇到；在欧洲，不认识台湾的大有人在，其中包括我认识的不少年轻人听到我说来自台湾时还会开玩笑地说："Oh! Made in Taiwan."即使印象中曾在某个年代看过很多台湾来的产品，这些人却从没有兴趣知道它是否真的位于地球上。我当下决定下个月去西班牙吃安德列欧的妈妈煮的家常饭时，要好好地花时间把台湾美好的一切介绍给她。

安德列欧跟我一样对死亡着迷，在他漫长的手机通话终于结束了之后，我决定利用我逃学的下午，带他去摆放巴黎人尸骨，以及为了下水道工程从无邪喷泉底下等地挖出来的死人骨头的"地下墓穴 Les Catacombes"参观，我从旅游书上知道那是由颅骨筑成的墙和堆积成塔的骷髅，如果能亲眼看到那画面一定很酷。

因为地下墓穴的地面入口处有个长相可怖的制服男控制进入地底参观的人数，我们在抵达时看到大排长龙的观光客之后，当下决定先去吃午餐；西班牙人的午餐时间刚好是我的下午茶时间，所以"吃"是我们的共识。不料墓穴在我们饭后重返现场的四点整就关门了，任凭我们苦苦哀求守门员也无法进去。

"先生，我大老远从台湾飞来巴黎就为了参观这里，今晚我就要飞回去了，可以请您破例让我们进去吗？就让我们假装现在时间是下午三点五十分吧！"情急之下，我的法文说得可真标准，跟我在吵架的时候一样。

"（台湾在哪里？）那不是我的问题！"制服男脸部毫无表情地回答。

我于是改变主意，带安德列欧往拉榭思神父墓园的方向前去。那里虽然没有骷髅像山一般大喇喇地堆在我们眼前，至少也是死人的归宿，聊胜于无。

位于巴黎东边的拉榭思神父墓园早已是著名的观光景点，不只是像我这样对浪漫的爱情与死亡的意象着迷的人会来，即使是一般观光客也会把它当成必要的参观景点。因为这里不只有很多我们熟悉的名人埋骨于此，整个墓园其实更像充满绿树与精美雕像的公园，很适合散步；天气好的时候还可以看到附近的居民来跑步、看书和遛小孩，我甚至在某年夏天到巴黎旅行时曾看到比基尼女郎躺在坟上日光浴！

前两次来拉榭思神父墓园都迷路的我，这次又忘了买墓园入口贩售的地图，只好又是随性乱逛。希望这回能至少找到一些名人的墓位，不管皮雅芙、王尔德，或者吉姆·莫里森都好。

即使是冬天，这里还是有不少观光客，墓园内不但没有恐怖的气氛，我甚至还会以"热闹"来形容。我们胡乱看看，从墓碑上死者的生卒年份看

拉榭思神父墓园
Cimetière du Père-Lachaise

地址：16 rue du Repos, 75020 PARIS
官网：www.pere-lachaise.com
地铁站：二号线Père-Lachaise 站

西方墓园里常常会看到天使雕像。

地下墓穴里由死人骨头堆成的高墙，酷极了！

巴黎地下墓穴
Catacombes de Paris

地址：1 avenue of Colonel Henri RolTanguy, 75014Paris
官网：www.catacombes-de-paris.fr/
地铁站：四、六号线 Denfert-Rochereau 站

来，不少人死的时候正值青年；有钱人的墓修得很漂亮，不但有精美的雕塑，还植上如茵绿草、装饰几盆新插的鲜花；有几个中国人的墓碑上还保有挽联的传统以及颜色俗艳的假花。不少墓地看来因为无人照顾而显得苍凉；有几个则像在昨晚被翻墙潜入、有特殊癖好的情侣蹂躏过。无意间，我发现原来尤金·德拉夸（Eugène Delacroix）也葬在这里，还有你我都喜欢的画家莫迪里安尼；你曾经说他画里瘦长的男人都像是画我。

我和安德列欧很享受在墓园闲晃的时光，也随性讨论着以后想怎么死的问题。关于这个问题我总有不同的答案，有时想要在死前叫人赶快把氧气筒里的氧气换成一氧化碳，这样死后全身皮肤会呈现漂亮的桃红色；有时希望像巴厘岛居民一样，被快乐地欢唱的亲朋好友火葬；有时候想要海葬，被不同的鱼吃掉，继续存活在无数鱼身里悠游大海；有时想要土葬，不过也会担心没有人来帮我"捡骨"。今天的版本则是想像西藏人一样天葬，被鸟吃掉，然后随着它们在天空自由飞翔；安德列欧则说他想捐赠所有器官，然后火葬。我们是在吉姆·莫里森的坟前讨论这问题的。

吉姆·莫里森在他二十八岁时死于吸毒过量，这个当年的偶像即使过世那么多年仍受现在的年轻人崇拜，几乎所有到了拉榭思神父墓园的人都会来他的坟前致意（或者因为跟着人潮走而不小心就到了他的坟前），其中有不少人看起来根本就是在他死后才出生的小毛头；小小的坟地每天都有许多鲜花和数不清的香烟，很多人专程来这里抽大麻，安德列欧差点也想加入他们的行列。

我听说王尔德的坟上有艾普斯坦（Jacob Epstein）所雕的白色展翼

天使，整个白色坟墓不知为何被前来参观的人盖满了红色唇印，不过我们这次还是没找到它。等你来巴黎的时候，我们一定要找到这座坟（所以要买地图），然后也要学着别人盖上我们的唇印（所以应该也要先准备好口红），虽然我不知道这样做跟王尔德有什么关系。

外国人祭拜偶像的方式真是奇怪啊！

逛完拉榭思神父墓园之后，眼看时间还早，我们不想马上回到凡仙的安静公寓，决定搭地铁二号线到"Belleville 美丽城"吃越南河粉，安德列欧被这里的中国人和阿拉伯人的人数之多给吓到了，频频问我是否已经不在巴黎；我想，他可能觉得我们人在新疆乌鲁木齐之类的地方，所以才会有这么多的东方面孔。

趁着来中国城之便，我买了一些青江菜和豆干以及泡面，然后到许多台湾知名美食评论者指名推荐的"为平牛粉"晚餐。饭后继续搭二号线到蒙马特山丘看夜景，望着巴黎的夜景，安德列欧忽然问我将来是否想死在巴黎，对于这个突然冒出的问题，我只能回答他说："别想太多了，我甚至不知道明天要不要逃学陪你去逛街呢！"不过，我后来还是认真地想了一下安德列欧的问题。尽管终究没得出答案，我却希望死前所说的最后一句话会是："谢谢！我爱你。"

会有这样的想法是因为上个星期遇见的某位法国人给我的启示。我们在酒吧聊得愉快后他邀请我到他家继续喝酒闲谈，聊到地铁停驶后便建议我在他家睡下。熟睡的夜半时分我突然被他一声凄厉的"NON!"给吓醒，他事后一边道歉一边解释是因为他突然觉得自己身体逐渐麻痹，好像就快死了，于是拼命大叫"不"来抗拒。我想，如果他当时真的死了，那么他所说的最后一句话不就是"不"吗？这也未免太逊了！换成是我，无论如何，在我即将死去的前几秒，我一定要心怀感恩地说出早就准备好的："谢谢！我爱你。"

不管身边是谁。

在安德列欧熟睡后，凡仙森林旁阒寂无声的夜晚让我想起你曾经为我读的徐志摩的诗《别拧我，疼！》。

"'你在哪里？让我们死。'你说。"

巴黎症候群

第九章　殖民地街四十二号

42
RUE DE LA COLONIE

我很幸运能在巴黎有C
这样如家人般的恒星守护着。

亲爱的：

　　经历了两次严重的羞辱以及漫长的等待，我已经在上个星期以我语言学校学生的身份拿到居留证了，它让我能在法国合法居住到十月中旬，并且在所有签署申根合约的国家自由旅行，也就是说我大约半年之后如果还想继续留下来，必须再经历被移民局侮辱的过程，然后让他们决定我的去留。

　　有了居留证的我，事实上却没有固定的住所；法国人称路边的流浪汉为"SDF—— sans domicile fix 没有固定住处的人"，我的情况正是如此，幸好我有不少爱旅行的朋友让我能以"公寓保姆"的身份在他们出门远行的时候有个安身之地。

　　住在凡仙森林旁尚吕克家的这段时间，我循着"吉屋出租"广告，看过位于地下室，几乎不见天日，没有光线的狭窄"监狱"；一间必须跟两个看起来天天办吵闹派对、性欲泛滥的大学生合住的小公寓，厨房的水槽里堆满了过去三年他们办轰趴用过却一直没洗的碗盘；也看过一间位于八楼却没有电梯的小佣人房，爬上楼从晕眩中回过神来之后，看到它的共享厕所只是简单地在地板上挖个洞；还有一间位于顶楼的小套房，倾斜的天花板下能直立站着的面积不到两平方米，半夜起来上厕所肯定会撞得满头包，冲澡的时候无法站立只能坐着——"这样也可以避免滑倒！"房东说。最近看到的是一间有电动马桶的分租公寓，二房东是个喋喋不休的北非女人，在我离开之后她不断打电话说一定得跟我住，因为我让她感受到许久未曾有过的平静，但是想降低昂贵房租的要求，免谈！有一间我还颇满意的小套房，房东却没有选上我当他的房客，我怀疑是因为我没有保证人的缘故。还有几个在电话中就拒绝我的人——"不租给学生！""一定要有保证人！"，以及听到我的外国口音马上说房子已经租出去的冷酷房东。

因为没有地方住，我决定在为期三个月的法语课程结束之后，搭Eurolines巴士到处旅行两个月，拜访我在欧洲各国的朋友。

尚吕克回巴黎的前一天，距离我的"大旅行"还有两个星期，我又搬回菲利浦家，直到他终于受不了我的存在，对我说："如果想继续维持友谊，最好马上搬走！"我其实是明白的，也接受他的说法，长年习惯独居的他家里忽然多了个人，即使我们是再好再谈得来的朋友，也会觉得不方便。如果这样的情况继续下去，恐怕会破坏了友谊，我们都不想失去对方这样的朋友，所以我必须在他承受不了之前离开。

带着两个行李箱，我来到位于十三区的殖民地街四十二号。这里一直是我来到法国之后所有正式文件中的联络地址，它其实是好友C的家。

我能顺利来到法国，最主要靠的都是C的帮助。她帮我找到语言学校预先注册，为我出具住房证明以便我能在银行开户，并且有正式的地址可以申请学生签证。虽然这些只是书面作业，但是我这趟法国"住游"若没有它们就不可能成立。在所有正式文件上，我是跟她同居的；事实上，我大部分的家当也在她家的地窖里，于是我可以只带着两个行李箱到处迁徙，偶尔到她家的地下室去"换季"，这样的协助不是任何人都愿意提供的，而且她娘如果知道一定会马上反对。

C就像我的妹妹，但更像我的守护者，总在我最需要帮助的时候给我如家人般的温暖。当她一听说我得离开菲利浦家,便马上要我到她家去住,并搭地铁来帮我提行李,两个小时后我就到了她位于殖民地街四十二号的家里了;她不但解救了我和菲利浦的友谊,更让我不至于在离开巴黎去旅行之前流落街头。

当晚她还为我准备了丰盛的晚餐。我们点上蜡烛,在她那没有桌子的小套房里用烫衣板当餐桌吃饭,这是一种让人在飞黄腾达的将来若回想起时会感到心酸的巴黎浪漫。

晚餐过后,我们决定出去散步,顺便让我正式认识住家附近的环境。

殖民地街虽然位于巴黎著名的十三区中国城,不过这里因为距中国餐厅和商店聚集的真正中国城已有一段距离,几乎看不到写着中文的招牌,是个安静、清净的住宅区。街尾转角有一家阿拉伯人开的杂货店,曾有朋友这样警告我,"中文对话时最好以'神灯人'称呼他们,不然会被认为是在偷偷讲他们的坏话而遭白眼"。这样的杂货店在巴黎很常见,贩卖各种五金杂货,通常营业到很晚,是早早就打烊的超市关门后巴黎人不可或缺的便利商店。

右转过了"托比亚克街rue Tobiac"之后继续往北走,就是渐渐受到巴黎年轻人喜爱的"鹌鹑丘Buttes aux Cailles"。这里是巴黎南边有如蒙马特山丘那样、地形稍微高起的小丘,却没有蒙马特那么多的观光客、骗子和色情产业,是巴黎"内行人的景点"。鹌鹑丘有不少餐厅和酒吧吸引许多当地人前来,尤其是"五钻石街rue des Cinq Diamandes"这条小街上的小酒馆总是聚集很多年轻人,还有一家高朋满座的法国西南巴斯克地区料理餐厅,特色是以装狗食用的小脸盆盛装食物,便宜又大碗。再往"意大利广场Placé d'Italie"方向走去,会经过一幢红砖建筑,那是个年代悠久却仍继续使用的游泳池,听说池水使用的是自然涌泉,因为这里以质量良好的泉水出名。游泳池外的广场上还有一座饮水器,提供免费的清凉甘甜矿泉水,我

这样的古典饮水泉在巴黎已不常见，鹌鹑丘上的这个水质确实比其他地方甘美。

殖民地街附近的涂鸦。

喝了一口，似乎还真有那么一回事。

  在我还没来巴黎之前，心里想着"绝对不要住在第十三区"，因为这里住了太多中国人，根据我之前来吃牛肉面的经验，即使不会说半句法文也没关系，只要会说中文就足以在此地生存下去。而我来法国的目的是为了学会法文、要融入当地社会、要学习法国人的"savoir-vivre"，如果住在中国城就完全失去意义了。然而在跟C的这一趟散步之后，我觉得其实第十三区还是有迷人之处的，鹌鹑丘就很有"巴黎"的味道。这一带街上的法国人还是比中国人多，在街上随便抓个人劈头就用中文问："同志，'陈氏超市'往哪奔？"一定会被认为是神经病！而且，我迫不及待想去那座有天然矿泉的泳池里游泳，希望那水能滋润我的皮肤，因为巴黎干燥的冬天已经快让我全身干裂了。

  我们从意大利广场右转，走到"抉择门大道avenue de Choisy"，这条街又是另外一番风景了，街上开始出现熟悉的中文招牌，泰国、越南、中国餐馆林立，经过餐厅前还能透过窗户看法国人努力地跟筷子搏斗、吃力地把汤面里的牛肉夹进嘴里，这样的动作让隔壁桌的东方人做起来确实优雅多了。

从托比亚克街走回C家里的路上，我看到旅行社橱窗上贴着机票优惠价的广告，心里忽然冒出想回家见爹娘的冲动。我已经快受不了居无定所的生活了，要不是C当时在身旁给我家人般的温暖，而且旅行社也关门了，我可能会真的冲进去用我刚收到不久的信用卡把所有的钱换成机票飞回家！

回到C家之后，我开始为我即将到来的两个月大旅行做准备。因为会去西班牙、奥地利、德国、比利时和荷兰，我买了一本《欧洲旅游急救用语》，书里面以英、德、西、意、法五种语言详细列出旅行中重要的语句。

"你跟父母住吗？"

"你几岁？"

"你有几个小孩？"

"你有车吗？""你的车是什么车？"

"请问你对堕胎的看法是什么？"（谁会想知道这个？在妇产科的急诊室吗？）

"你想不想去我家看看我的集邮册？"

我随便翻阅这本工具书，不停地纳闷在什么样的情况下我会用到它列出的"急救用语"，因为大部分看起来都不是我生活中真正会用到的，而且即使我懂得问那些问题，应该也听不懂对方的回答。

的确，在我的旅行经验中，我常常在路上被问路，而且用的是当地的语言，从泰文、日文到德文都有，即使看到我听完之后一脸茫然，有些人还是会继续用火星文追问，这也是我当初买这本书的原因。可是，显然我还不懂欧洲的文化，随便翻开所见的句子都不像能解救我在路上遇到的窘境。

巴黎人生活中不可或缺的面包店。

巴黎住宅区里常见的五金杂货店，通常由"神灯人"经营。

  终于，我决定学会最重要的一句话之后，结束这本书里可笑的对话练习。
  "我是聋子。"

  在C的协助下，我在睡前复习了我的法文功课，并且练习那句我自己觉得很重要的法文句子发音："你家有洗衣机吗？"因为听说这是知道对方是否有稳定工作与住所的好方法。

  亲爱的，我即将上路去旅行了，我不知道会不会寄明信片给你，但是我在巴黎的住址没有变。尽管没有固定住处，尽管会在路上旅行，寄到殖民地街四十二号的信件我日后仍收得到；我很幸运能在巴黎有C这样如家人般的恒星守护着，就像我远方的父母会永远欢迎我回家一样。

巴黎症候群

左岸艺术电影院

第十章

LES CINÉMAS À LA RIVE GAUCHE

你身边坐着的，
可能就是全法国最严苛的影评人！

亲爱的：

我还记得，当我告诉你蔡明亮的电影《你那边几点？》在巴黎左岸的艺术电影院放映超过半年时，你很激动地说："巴黎是影痴的天堂！"

我很赞成你的说法，不过先决条件是你最好懂得法文。

巴黎左岸拉丁区有很多小型的艺术电影院，这应该是缘于这里的学校众多，向来是知识分子的集中地，他们正是艺术电影的主要客群。这些被称为"Cinéma Art et Essai"的小电影院通常都躲在小巷子里，小小的放映厅内每个场次都播放不同的电影，而且常常会有某位电影导演的专题；无论哪个季节，你几乎都能看到伍迪·艾伦、帕索里尼、费里尼等导演的作品。一部在台湾可能映演不到两周就下片的艺术电影，在巴黎可以持续上映好几个月；侯孝贤和蔡明亮的电影在法国比在台湾更受欢迎，因为只有法国人才能把他们的电影美学和形式当成艺术，并在上面溢美地卖弄学问，好像每个人对每部电影都能有自己的一套说法，而我每次和法国知识分子讨论台湾电影时，只会比他们先不支昏睡。

以前来巴黎当观光客时，我就喜欢光顾这些小电影院，每周三都要买一本刊登当周所有巴黎电影放映场次的《Pariscope》杂志；很多经典电影我都是在巴黎才看到的。你知道，我不仅不喜欢看电视屏幕里的电影，甚至觉得看电影必须像进行某种仪式那样、买票走进电影院里看才是正确，从

西堤岛上的这个场景常常出现在电影里，岛上的这棵柳树甚至被台湾的旅行社以"浪漫柳树"为名包装成景点。

连接西堤岛和圣路易岛的这座桥，出现在伍迪·艾伦的电影《大家都说我爱你》中。

网络下载电影透过计算机屏幕观看更是一种犯罪！

我也记得，我们相约了要在巴黎左岸一起看帕索里尼的《寄生虫(Accattone)》这部电影。那是长期在"Accatone"这家戏院放映的。我常去这家戏院看电影，但是我会等你一起来看《寄生虫》。

问起巴黎的影痴，没有人不认识"Accatone"，不少人甚至是这家小戏院的常客；它可算是巴黎至今尚存的单厅电影院里最著名的异数。

左岸艺术电影院

巴黎症候群

091

位于圣母院旁的巷子里的这家餐厅墙上，春天时总会爬满盛开的紫藤花。

Accatone 戏院
Cinéma Accatone

地址：20 rue Cujas, 75005 Paris
地铁站：十号线 Cluny–Sorbonne 站

　　"Accatone"位于巴黎第五区的"库嘉斯 Cujas"街上，就在"万神殿 Pantheon"前面，靠近"卢森堡公园 Jardin du Luxembourg"和"索邦大学 La Sobonne"。这条街不长，街上有索邦大学的法学院、几家气氛迷人的传统小餐厅，往来的大多是附近的学生和专程来看电影的影痴，许多著名的法国影人、文人都曾在此徘徊；马奎兹就在"Accatone"旁的一家小旅馆里写出《没人写信给上校》这本书。

　　"Accatone"的前身，是一家有歌舞演出的夜总会"Cabaret Gipsy"，皮雅芙曾经在此驻唱。一九五七年以"Le Studio Cujas"为名改装后，变成开始以放映美国电影为主的戏院。我俩都很喜欢的楚浮还曾在六十年代执掌过这个独立电影院。一九八七年，接手电影院的波兰裔的卡济克·韩契尔（Kazik Hentchel）将它重新装修，改名为"Accatone"。没错，这名字正是来自帕索里尼一九六一年的经典电影《Accattone》，电影院取名"Accatone"，刻意少了一个"t"字以作为和该电影的区别。

卡济克本身是位作家、画家和影评人,他将毕生的三个热情都放进"Accatone"这家电影院来了。于是,现在的电影院里除了一间有一百一十个座位的放映室之外,还有在几张桌上摆着电影书籍贩售的小小书店,以及一个利用电影院走道展出绘画作品的艺廊。放映室以波兰裔的法国著名制片人安纳托·窦蒙(Anatole Dauman)的名字命名,这位制片人在法国影史上地位重要,曾发行许多著名法国导演的作品,特别是艺术电影,如雷奈的《夜与雾》《广岛之恋》,高达的早期作品,和许多六七十年代法国导演的创作,促进了法国电影新浪潮运动的发生。卡济克接着还制作了德国电影《锡鼓》、温德斯的《巴黎德州》等;当然,这些导演的电影也常在这电影院放映。你喜欢的俄国导演塔可夫斯基以及安东尼奥尼等导演的专题会不停地出现;而帕索里尼的《Accattone》更是在此长期放映,还有他拍的《索多玛一百二十天》也是。我记得,你说你无法接受这部有全裸年轻男女被迫吃大便晚宴剧情的恶心片,我承认那些凌虐画面确实引起我不悦的情绪,却也在视觉受尽折磨后,被最后一幕两个狱卒相拥起舞的画面感动,而觉得这其实是一部伟大的爱情电影——或许只有爱谈电影的法国人会想和我讨论原因。

"Accatone"没有过度的装潢,靠的是它精彩的放映片单吸引影痴。一周平均有超过三十部经典电影在此放映,除了影史上知名导演的影片,重要新晋导演的精彩电影即使在主要院线下档后,仍然可以在此看到。某些影痴俱乐部会选在这里举办特映会,电影放映之后常常仍有讨论会进行,这时放映厅外的咖啡座恰好可派上用场;菲利浦说偶尔能在这里偷听到精彩的电影讨论,随便跟某个老先生谈谈都像是上了一堂电影课,你身边坐着的,可能就是全法国最严苛的影评人!

就是像"Accatone"这样的小电影院,才把热爱电影的我吸引到巴黎。当所有人都以"看当地电视是学习该国语言最好的方法"的理由鼓励我放弃十几年不看电视的坚持,我却宁可躲进艺术电影院,用或是原文发音或是法文字幕的电影来学法文。虽然因为我的法文程度还不够，从电影院出来后仍会一头雾水，至少我觉得这样的仪式有气质多了。

我的戏剧老师陈玉慧在排队买电影票时，跟一个觉得她有着忧伤面容的德国男人聊起天来，几天之后，她就嫁给了这个了解她的德国男人。这是我非常羡慕的真实故事，每次在她的书里读到，都希望有一天这也能发生在我身上，所以每次去看艺术电影时我总是有所期待，甚至让脸上看起来充满哀伤。可惜那些会在我最常去看电影的下午时间到艺术电影院的人，大部分是老先生、老太太，他们可能只是来消磨时间，根本没有人会注意我脸上挂着忧伤还是喜悦。不过这并没有让我的期望受挫，搞不好有些老人家里还会有佣人房愿意租给我呢！

上个周末，我到位于圣母院附近的"嘉朗德戏院Studio Galande"看拉斯·冯提尔的《厄夜变奏曲》，这也是一家艺术电影院，专门放映已下档的艺术电影，每周五、六晚上还固定放映《洛基恐怖秀》，听说很多精心打扮来看这部电影的观众会跟着唱唱跳跳；等你来到巴黎时，我们也要一起去。

我原本计划买票时队伍中若是没有人来跟我说我脸上有着悲伤的表情，那就要在买到票之后先去电影院斜对面的"Chez Mai"吃一碗越南河粉。这是一家白发苍苍的越南老奶奶经营了一辈子的小吃店，小到我第二次来时必须在加朗德路这条只有不到二十间房子的小路来回走上好几次才找得到它。它的特色除了是全左岸最便宜、最小的餐厅之外，还包括店里有老奶奶带给我的浓厚乡愁。Mai确实让我想起刚过世不久的奶奶；她过世的那天，我在布鲁塞尔的一家餐厅里难过得食不知味。上次翁湍带我来这里吃饭的时候，他点的烧鸭让我想起奶奶为我饲养的鸽子，父亲打电话来说那些鸽子已经被养到眼睛都瞎了我都还没回家；我吃下一口鸭肉之后就泪流满面了。"Chez Mai"的墙上挂满了老奶奶的爱心，你可以在此捐款给越南的孤儿，或者买些明信片帮助这些孤儿，Mai所赚得的钱也几乎都用来帮助这些孤儿。这家没有招牌、只在小窗上写着"Chez Mai"的小吃店已经被我列为"巴黎的珍珠",是我的私密景点;在看电影之前想来的原因,倒不是希望她的鸭肉会再给我一张悲伤的脸,而是因为肚子饿。我却在又是来回走了两次找不到之后,第三次才看到原来星期日没有营业。于是,我只好饿着肚子先去逛逛我喜欢的"莎士比亚书店",在店里翻看即将造访的城市的旅游指南。记得我曾告诉你的这家英文书店吗?听说,你只要告诉店主你是作家,就可以住进来。我想,搞不好有一天我会来这里骗住几天!据说,我们都很喜欢的《爱在黎明破晓时》电影续集《爱在日落巴黎时》最主要的场景也是在这里拍摄的。我迫不及待地想看,看它是不是又会浪漫到让我激动不已!

排队进入电影院时,身后的男子和我相看俨然,原来他刚刚也在书店里,他竟然大胆地开口问我:"你也喜欢拉斯·冯提尔的电影吗?"

"嗯,我颇喜欢他拍的《白痴》和《医院风云》(你觉得我的表情哀伤吗?)。"

虽然今天是星期天,可是并没有太多人来看电影。我和他的对话在电影开演前并没有进行到他是否正巧在找室友,倒是他在电影结束后问我要不要去喝咖啡、聊电影。我当然喜欢跟人聊电影,于是忍着饥饿,跟他到塞纳河旁的咖啡厅相谈甚欢。他接着邀请我去一家酒吧喝一杯,似乎舍不得说再见。不知道是不是出于礼貌,为了省钱在外晃荡整天、没吃东西的我,即使已经感到巨大的饥饿,竟然还答应了他的邀约。

巴斯卡于是带我到河右岸一家怪酒吧。除了所有客人全身上下只穿着鞋的这项特色之外,这家酒吧在周日晚上九点还免费提供轻食,原本可能是为了让已经在周五周六大吃特吃的法国人的肠胃在这晚可以稍作休息,却不知道会有像我这样的饿死鬼,第一次光顾就期待要吃光所有食物。好不容易等到食物在吧台排开来,我立刻抛下正在聊天的伙伴,不顾形象,胡乱地吃了一些火腿、德国香肠、吐司、香蕉蛋糕等食物。狼吞虎咽地在很短的时间内填饱肚子,心满意足地觉得可以准备回家了,却在排队等着拿回衣物时,因为血糖过低而昏倒了。醒来的时候我已经躺在硬板凳上,两三个人正急忙用冰块在我身上涂抹着,还有人送来一杯糖水,我将它一口牛饮而尽,用中文问:"我在哪里?"

"Comment?(什么?)"法国人当然听不懂。

后来我才恍然大悟自己身在巴黎一间窥奇的小酒吧里,身边没穿衣服的人让我恍惚间以为已经下了地狱(对不起,我不该把那盘火腿吃光的)。巴斯卡后来转述我昏倒的过程——根据他的说法,我突然昏倒在他身上,压得他无法起身,必须靠另一个人的协助才能扶起我们,接着把我抬到椅子上。我想我必须请他喝咖啡,因为我能想象若是直接倒在地上会有多痛;酒吧的主人接着问我是否吃了什么,我说:"有啊!就是你们提供的面包香肠西红柿什么的……"这可让旁边围观的人紧张了,因为他们也吃了同样的东西!他又问我要不要叫救护车到医院,我当然坚持说不,我还没买保险呢!

后来我才知道,他问我吃了什么,原来只是想确定我是不是吃了快乐丸之类的毒品,在确定我没碰毒品之后他们就放心离开了。我休息了很久,巴斯卡一直在旁边陪着,直到我终于有力气走路去搭地铁;我们走走停停,原本不到十分钟的路程花了半小时才走完。巴斯卡怕我自己回家会出意外,便邀我去他家过夜,并保证会让我休息,不再继续讨论严肃的电影。

抵达巴斯卡家之后,我才稍微回过神来,回想刚才的昏倒事件,还猛然吓出一身冷汗。虽然我不怕死,因为觉得自己已经活过很精彩的人生了,但是,如果就这样结束生命好像也太戏剧化了些!(隔天可能会出现在地方报纸头条:"只穿鞋的亚洲男子疑似被食物噎死!")

当晚睡觉前,我发誓,无论如何,以后不能再让自己饿肚子了。

这次的昏倒事件,我觉得过程还挺逗的,所以迫不及待地跟朋友们分享;大家的反应都是替我担心,当然我请我妹千万不可以告诉爸妈。你也不必太替我担心,我保证不会再让自己饿昏了。

而且这次昏倒,还让我找到免费住处!

莎士比亚书店
Shakespeare & Co.
地址：37 rue Bûcherie, 75005 Paris
官网：www.shakespeareandcompany.com
地铁站：四号线Saint-Michel、十号线Cluny-Sorbonne 站

嘉朗德戏院
Studio Galande
地址：42 rue Galande, 75005 Paris
官网：www.studiogalande.fr
地铁站：十号线Cluny-Sorbonne 站

卢森堡公园里的长板凳上常常会有书卷气的人闲坐看书。

只要告诉莎士比亚书店的老板你是作家，就可以有机会免费住在圣母院旁的这家英文书店里。

　　巴斯卡说，等我旅行回来之后可以先住他那里，直到找到房子为止，居住的时间没有上限！我心想，搞不好我这故事也可以拍一部《昏倒在巴黎破晓前》之类的浪漫喜剧片呢！我妹听到我因为这番经历而找到住处后说："算你狠！"好友白牡丹反应比较慢，等大家都表达过关心之后的第五天，我才收到他回复的电邮，内容只有冷冷两句话："你昏倒了喔？怀孕还骗人血糖低！"

　　亲爱的，下次当你遇到白牡丹，记得代我当面告诉他："算你赢了！"他的反应让我觉得，饿昏这件事一点儿也不可怜，反而很好笑，而且也许真的能拍成一部在左岸艺术电影院长期放映的怪电影呢！尤其场景是那家我绝对不敢、也不好意思再去的全裸怪酒吧！

左岸艺术电影院　　　　　　　　　　　　　　　　巴黎症候群

巴黎症候群

第十一章　抉择门大道二十九号

29
AVENUE DE LA PORTE DE CHOISY

第一次，我感觉到自己在法国这个国家真正地"存在"。

亲爱的：

　　里昂、巴塞罗那、马德里、格拉纳达、维也纳、慕尼黑、科隆、安特卫普、布鲁塞尔、阿姆斯特丹、柏林和蔚蓝海岸的土伦……我从这些地方寄给你的明信片，现在应该已经抵达你手里了。这趟以长途巴士"Eurolines"为交通工具、为期两个月的欧洲之旅，虽然让我学到比学校教的还多的东西，却也把我给累坏了。当最后一站到达马赛时，尽管我和许多亚洲观光客一样，在光天化日之下被两个人抢了，我也没有力气抵抗，因为我真的太累了。只是，后来回想当时路边十几个冷漠的法国人眼睁睁看着我这个瘦小的亚洲人被抢却没有任何反应，好像这是家常便饭，我还是会在寂静的夜里不由自主地打起寒战。

　　幸好我早就订了回巴黎的机票，身无分文的我才得以回到这个被我暂时称为"家"的城市。由于搭的是廉价航空班机，我一大早就抵达了巴黎南边的欧利机场。巴斯卡特别租了车子到机场接我，并且决定要给我一个惊喜——直接带我去参观"子爵堡Vaux-le-Vicomte"。

　　位于巴黎东南近郊的子爵堡是法国十七世纪的建筑杰作。当时法王路易十四的大臣尼可拉·富凯（Nicolas Fouquet）请来建筑师路易·勒孚（Louis Le Vau）设计城堡、画家夏尔·勒布伦（Charles Le Brun）负责城堡内的装潢，以及日后闻名全欧的景观设计大师安德烈·勒诺特（André le Nôtre）设计花园，决定盖一座全法国最棒的花园城堡。

城堡建成之后，富凯办了一场盛大的晚会，宴请当时宫廷里最重要的人，其中当然包括路易十四。根据记载，这场落成晚宴是这样的——当夕阳即将西下，所有客人跟随国王到花园里参观，对勒诺特所设计的湖、喷泉、草坪、山洞与瀑布以及一望无际的风景赞叹不已。接着在城堡内用完餐后，又迫不及待地到森林里看莫里哀编写演出的芭蕾喜剧《Les Facheux》，最后是让人叹为观止的烟火表演。

富凯原本希望利用这次晚宴取悦国王，以期得到升官的机会，没想到这次盛况空前的晚宴，却招来路易十四的嫉妒，太阳王的王宫怎么可以比臣子的还要寒酸，而且也没有这么迷人的花园！富凯因而被送进牢里，之后没再活着出来。而好大喜功的路易十四也因为受了这个刺激，便同样找来勒诺特，盖出更加金碧辉煌的凡尔赛宫。

比起凡尔赛宫，我其实更喜欢子爵堡，一方面是因为这里观光客比较少，另一方面也因为子爵堡的艺术成就更胜凡尔赛的招摇炫耀。我在城堡里流连不已，原本在马赛被抢的沮丧一扫而空，好像王子从此即将过着幸福快乐的日子。除了勒诺特设计的宫廷花园之外，我特别喜欢城堡里的厨房。看着那些几乎挂满墙面的铜锅，我觉得饿了。巴斯卡记得我昏倒的事情，一听我说肚子饿，马上带我去吃东西。

回到他位于十三区抉择门大道的家之前，我们先到附近的中国城里吃泰式料理。我边吃边告诉巴斯卡，以我这两个月边旅行边学做菜的经验，我也做得出我们正在吃的这桌菜。我看到他眼神里刻意掩饰的兴奋和期待，心想，我应该能在他家住上好一阵子了。是谁说过"要抓住一个男人的心，要先抓住他的胃"？这句话真是千真万确的至理名言。

晚上睡觉前，我问巴斯卡为什么邀请我到他家住，是因为在电影院排队进场时看到我带着悲伤的脸吗？他竟然说："不是。"因为他觉得我很搞

就是这个伟大的庭园与宫殿设计招致路易十四的嫉妒，为他的主人引来浩劫。

城堡内，是否发生过很多凄美的爱情故事？

位于巴黎近郊的「子爵堡」是值得一游的景点。

笑！而且可以跟我谈很多电影。

巴斯卡要我把他家当成自己家，于是，我终于能把放在C家地窖的衣服搬过来，塞满整个衣柜，并且开始大量购买食材调味料，还花了一星期的时间慢慢地把他家布置成我想要的样子。

旅行结束之后，我又回语言学校继续上课了。虽然旅途中我学会了用各种语言说"我饿了"（那本《急救用语》早就在路上被我丢了，跟我的字典睡觉学得还比较快），但是法国人在法国只说法语，只有像巴斯卡这样的少数人才会想去学中文（他的课本竟然把"Comment allez vous?（您好吗?）"直接翻译成"您舒服不舒服？"，听到的女士不脸红才怪）。两个月疏于练习的结果，让我的法文几乎回到原点；重新编班测验后我竟然被分到第二级，而在这时我才知道，原来我之前所上的课程是第四级，难怪像鸭子听雷！

当生活重新步上轨道，巴斯卡建议我在家里办个"soirée 晚宴"。

法国人喜欢在家里办soirée，这是我先前来当观光客时就知道的。周末夜里邀朋友和他们的朋友甚至陌生人，在家里吃吃喝喝唱唱跳跳或者无止境地通宵达旦闲谈是常有的事。我觉得这样的聚会比起花钱去吵闹的酒吧买醉或到舞厅跳舞更温馨有趣，也曾在台湾如法炮制，办过几次主题派对，还被朋友称为"台北派对教主"，甚至连杂志都报道过我办的派对呢！你记得我的"海滩派对""制服派对""民族风派对""主义派对"和"白色派对"的盛况吗？我告诉巴斯卡，即使他家比不上子爵堡，我保证也能办出令人难忘的soirée。

我在巴黎办的第一个正式soirée主题是"印度"。虽然少了印度人，却有很多印度元素；我们特别去了北站附近的印度商店买回很多颜色鲜艳的布披挂在所有看得到的角落，印度香气整晚氤氲缭绕，我们要求客人身上至少要有一个印度元素，否则必须接受我们现场加工改变造型，我有很多

抉择门大道曾经有我的落脚处。

纱丽和一片裙以及俗艳的首饰可以派上用场。我们还买了茉莉花穿成的项链，煮了印度咖喱料理，泡了马萨拉香料茶，添购了印度风味的坐垫，整个公寓顿时就像是宝莱坞电影场景。客人一到，马上就会被我在印堂点上红点，还有很多亮晶晶的彩妆可以让想化印度妆的客人当场变成伪印度人，整晚听的当然都是印度音乐，还得被迫看我大跳印度蛇舞。

巴斯卡在这一晚见识到我纤瘦的台湾朋友们的惊人食量之后，终于知道我的食量其实也只算正常，不是得了贪食症。他看到我为了融入法国社会、努力办soirée的过程，似乎受到感动，竟然开始很有耐心地和我用法文交谈，甚至偶尔会纠正我的法文错误："你想去看的是《天鹅湖》(Le Lac des Cygnes)而不是《猴子湖》(Le Lac des Singes)！"

因为我曾经在他面前昏倒过，他坚持要我一定办健保卡，我们便来到位于他家附近高楼区的健保局办事处。对喜欢巴黎老建筑的人而言，这里大概是全巴黎最丑的区域，鸽笼似的住宅大楼让人以为来到拥挤的香港，连快餐店都用中文写着"麦当奴"。讽刺的是，我在巴黎住进一个百分之百的法国人家里，一走出门却发现自己被中文团团包围。

在巴斯卡的协助下，健保局里的阿婶忽然对我非常热心，整个办卡的过程不到一小时就完成了，其间他们以很快速的法文交谈，我仿佛听到什么"同居""节税"等字眼。在文件上的地址栏，我填上"巴黎十三区抉择门大道二十九号"，就这样了，没有再加上"Chez Mlle C. 在某某人的⋯⋯"这一句，好像我已经有了自己的家一样；阿婶最后还笑着对我说："祝您下午愉快！"

今天，我拿到了法国社会福利号码，以法国人的正常办事效率，应该在两个月后能拿到健保卡，享有免费的全民健保（因为我是没有收入的学生）。

今天，巴斯卡在楼下信箱贴上了我的名字，以后你写信来就可以直接寄给我本人了。

今天，第一次，我感觉到自己在法国这个国家真正地"存在"。

巴黎症候群

第十二章　西帖艺术村

CITÉDES ARTS

要继续留在巴黎的我只能学习跟它们相处，然后学着法国人说："C'est la vie!"

亲爱的：

我到现在还是不知道，为什么当初我参与创团制作，而且也曾多次参加演出的剧团团长兼好友会拒绝把我参与演出的影像记录带借给我拷贝，以至于我没有作品集可报名巴黎"西帖艺术村"的驻村艺术家。可能他也没有什么特别的理由，只是选择坚持这样的决定。每当无意间在夜里回想起这段往事，总会让我内心隐隐作痛，就好像如果有一天我必须去我娘生下我的医院要出生证明，而该医院握有决定权的行政人员拒绝发给我，于是我便无法证明我曾经在确定的某年某月某日某时某分被生下来而真实存在一样。我曾经辛苦地背剧本、排戏，终于在剧场舞台上欢笑流泪；那些璀璨的人生时刻，却都因为无法取得录像证明而仿佛只能存在我的心里。那一年，我因此无缘成为西帖艺术村的驻村艺术家，"即使申请了也不一定会被选上。"我只好这么安慰自己。

不过，为了我一直以来的艺术梦想，我还是凭着自己的力量来到了巴黎，开始大量地汲取这城市的艺术养分。

西帖艺术村是位于巴黎市中心紧邻塞纳河右岸的一个文化单位。这个艺术村是由好几栋建筑物构成的，每栋建筑物里都是一个个的艺术工作室，可以同时容纳超过三百位艺术家在此居住，俨然自成村落。政府在此长

夕阳余晖下的巴黎市政厅和Saint Gervais教堂。

期租了三个工作室,每年甄选三位艺术家来此驻村,不但提供住宿,每个月还有超过八百欧元的零用金让驻村艺术家可以衣食无虞,尽情地去旅行、接触艺术活动,并且和来自世界各地的艺术家交流。在这里无国界之分,艺术本身才是重点,文化可以交流;艺术家有了这样一段经历,总是会对他们的人生有所影响,会在往后的生命中为世界创作出更丰富的作品。这当然是我梦寐以求的地方。

在朋友的介绍之下,无法成为驻村艺术家的我有幸能认识今年来驻村的艺术家们,并且因为对艺术(与美食)的共同热爱而立即成为好友。我们还计划一起搞个创作来演出呢!

最近除了继续到语言学校上课,大部分的生活都与西帖艺术村脱离不了关系。虽然这有违我"尽量少跟台湾人接触、多试着融入巴黎社会"的初衷,但是艺术才是我真正想要的,语言与国籍已经不是重点了,而且我跟这

十二区的阿力革市场，
是我最喜欢的菜市场。

阿力革市场
Marché d'Aligre

地址：Place d'Aligre, 75012 Paris
官网：marchedaligre.free.fr
地铁站：八号线 Ledru-Rollin 站

些艺术家在一起的时候也总是尽量学着法国文化，尤其是食物！我们吃生蚝、品尝不同的奶酪、喝红酒白酒粉红酒和香槟、到菜市场买当季蔬菜水果来料理，一起参与艺文活动。我也介绍我的外国朋友与台湾朋友互相认识。靠着食物与艺术，几乎已经看到世界大同的境界。

当然，没有政府提供零用金的我生活比较辛苦，当初带出来的六千欧元已经快用完了，我甚至起了想要打道回府的念头。但就在这时候，我的人生出现了另一个转机。

你还记得我去学按摩这件事吗？

在泰国旅行的时候，因为我实在太喜欢那种被泰国古式按摩折来折去的感受，便在一个百无聊赖的下午，央求在清迈帮我按摩的泰国阿姨传授给我她的绝招。那位跟我几乎已经达到身心灵相通的阿姨（即便语言不是很通），就这样跟我一起"跳起舞来了"。那天气温虽高，泰北却因为有微风而让我觉得通体舒畅，凭着手指的触感与体内深处能量如电光般的交流，我学会了这个从古老亚洲流传至今的技艺。我还记得当我向你描述学按摩的过程时你那副不可思议的表情，甚至不相信我这样半路出家的和尚竟然也能念经，但是你当天工作劳累的身体就在与我的巧手"共舞"之后得到了纾解。"真是太神奇了！"你说。

我完全没有想到要将按摩当成谋生的工具，但是就在我即将因为盘缠用尽，得结束我的"旅行"，回家工作之际，舍不得我离开的巴黎朋友们私自为我劈出一条继续在此生存的出路。我成了一些朋友的专属按摩师，用按摩来交换食物。艾力克是其中比较富有的，我每帮他按摩一次，他就请我去餐厅吃饭，他是酷爱按摩的贪心鬼，每次都不希望我停下来，有时即使按摩已经结束，到了餐厅还是会希望我把他的手抓过来随便按两下。上个星期在艾力克家附近的一家小餐馆里，被同时在隔壁桌吃饭的丹尼尔看到了，他可能内心也跃跃欲试，竟然打起嗝来，我实在被吵得难受，觉得他打嗝的频率跟我们桌上摇曳的烛光不配，当场把他的手指借来按了几下，让他不但立即停止出糗，甚至还倍感通体舒畅，马上着魔似的要了我的电话，当天晚上就和我约了疗程，成为我的第一个收费客人。

几天之后，我来到丹尼尔位于巴黎十一区绿茵街的家里。眼前这个客人饱受背痛之苦，我其实没有信心治好他的长期背痛，毕竟我学按摩全靠感觉，不算什么正式训练，不过他可是在餐厅里试用过之后才下的订单，不是我强迫购买。

丹尼尔是来自英国的犹太人，"我当初也是和你一样以为自己很爱巴黎才搬来的，不过，现在要不是因为工作，我才不会选择住巴黎，我讨厌巴黎人！"他开始告诉我巴黎的不是。我原本以为就是这些负面能量让他背痛，后来觉得他说的好像也不无道理。

"巴黎的确很脏，我前天才在路上又踩到狗屎呢！幸好路边刚好有流水，我可以若无其事地把鞋底洗干净，继续优雅地去赴我的约会。"我这样告诉他，当作是应和他对巴黎的负面看法。

"对了，为什么路边常常看到有水在流啊？"其实我心里一直有这个疑问。

"那是他们巴黎人引以为傲的地下排水系统啊！"因为对巴黎的历史很有兴趣而读过许多相关书籍的丹尼尔，开始告诉我关于巴黎地下水道的故事。

拿破仑三世在位时，负责大巴黎改造计划的欧斯曼男爵（Georges-Eugène Haussmann）任命工程师欧金·贝尔巩（Eugéne Belgrand）开始建造庞大的下水道系统。从一八五四年至今，这套下水道系统依然在巴黎的废水处理工作上扮演重要的角色。巴黎的下水道系统举世闻名，全巴黎地面道路有一千六百公里长，地下却有二千四百公里的下水道，而且一天要吞吐处理拥有八百万人口的大巴黎地区所有的废水。街上的清道夫会借由水流协助，把所有的枯叶和垃圾扫进排水沟里，原来这不是因为他们偷懒，而是巴黎处理街上垃圾的方法真的如此。除了街道有方便水流往下水道入口的斜坡设计之外，清道夫还会用地毯铺在街道旁以改变水流的方向，控制垃圾流往排水沟里。所有进到排水沟里的东西，包括路上的狗屎，都会跟家家户户排出来的废水（不要问我里面包括什么东西）汇合，然后由下水道系统集中处理；最后有一部分会成为巴黎人习惯直接生饮的自来水，进到人们的口中。

"你是说，我前天在路边洗鞋底狗屎的水会成为我今天喝的自来水？"我马上打断他的话惊讶地问。我那时因为太专心看对街的人而踩到很大一坨。

"你今天喝的还不止那坨狗屎呢！"他这句话让我的脑袋开始打转，想象排水沟里可能有的东西。我当下决定以后要听妈妈的话："水煮过才喝！"

"不过不用担心，他们的地下水处理确实很厉害，可以放心地喝。你去餐厅所要的免费饮用水，就是直接从水龙头装来的呀！"我心里想到那些狗屎不免还是毛毛的，不过倒想找一天去艾菲尔铁塔附近的"巴黎下水道博物馆Musée des égouts de Paris"参观。丹尼尔说他参观过之后，不得不佩服巴黎的下水道系统，建议我也应该去看看。

上完巴黎历史课，我们开始了我的"按摩之舞"。两个小时后，我收到了第一份经由按摩而赚得的薪水外加慷慨的小费，正式成为"按摩师"。丹尼尔常常花钱请人按摩，他说我的按摩很不一样，绝对可以凭这项技能在巴黎谋生。他还告诉我几天前在网络上看到有人在找亚洲按摩师，鼓励我和这个人联络。还帮我写了一封法文信去应征这个工作，于是我有了第二个客人。

布鲁诺之前的按摩师是个越南人，因为拿不到居留证而被迫离开法国。他觉得按摩是亚洲传来的，无论如何还是亚洲人比较在行。丹尼尔在帮我写给他的信中还特别为我说了些好话，所以布鲁诺非常期待与我的手相遇。而我更是紧张，很想事先知道他是什么样的人，但基于职业道德，总不能问他几

西帖艺术村
Cité des Arts

地址：18 rue de l'Hôtel de Ville, 75180, Paris
官网：www.citedesartsparis.net
地铁站：七号线 Pont Marie 站

岁、多重、是不是有哀伤的脸和忧郁的眼神吧？为了这次相遇，我还特别请艾力克让我在他身上练习一次，期望在第一个陌生的客人面前有良好的表现。

　　按照布鲁诺给的地址，我来到他位于巴黎北站附近的家。经过一个很大的中庭，墙上覆满了放肆攀附的爬墙虎，宽敞的木质楼梯上铺着图案精美的地毯，还没进门就能感觉到富人的气派，希望他不是势利眼的有钱老头！

　　来开门的是个和蔼可亲的胖大哥，他就是布鲁诺本人。布鲁诺和善的态度解除了我原有的恐惧，这样一个笑容满面的人应该不会是什么连续杀人狂，而且按摩的时候我不让他穿衣服，有什么不对劲我可以跑得比他快，而且我知道按哪个穴道可以让他痛不欲生，以防到时他有什么不良企图。不过我后来想想，他其实也是在冒险，在一个陌生人面前脱个精光任其摆布，可能他比我还要担心。

我们在半小时的聊天过程中，已经信任了彼此。"我不是巴黎人，我是普罗旺斯来的。"布鲁诺果然和我一样有一种南部人特有的难以言喻的友善，让我甚至忘了他的体重搞不好是我的两倍，而我必须将他抬起、扭转并且折来折去！

换上我从泰国买来的宽松长裤，放上让人听了就放松的西藏颂钵音乐，在甜杏仁油里滴入薰衣草、茶树、冬青、雪松等精油，为裸身的客人盖上印有热带花朵的遮盖布，点上蜡烛并熄灯，我的手开始跟面前的身体进行"触摸按压捏滑推拿扭转折叠之舞"，没有露出任何破绽地完成了一节一小时三十分钟的按摩疗程。布鲁诺相当满意，当下决定聘请我成为他的专属按摩师，一个月让我按摩两次。

"您按摩前念念有词是为了什么？"他很好奇地问。

其实我根本早就忘了老师教我的按摩前该念的经文，只是做个样子，敬天谢地之类的，但是我心里是真的虔诚，希望能完成一场完美的按摩。"我祈求天地透过我的按摩，给予接受者足够的能量。"我是个很尽职的演员，即使没有住进西帖艺术村，至少也有十几年的舞台剧经验，要在法国人面前故作异国情调可难不倒我！布鲁诺还附和地说难怪他真的能感到体内有一股热能在流动。

我很高兴当初的无心插柳、为了满足自己的兴趣而学的按摩，竟然成了我在巴黎的谋生工具。因为巴斯卡并没有向我要求房租，我只是识相地购买食物、洗手做羹汤。按照这样的情况看来，我是可以继续在巴黎待下去了。而且，终于有一件事让我做起来不会被法国人以事先看轻的成见衡量我的成果。他们不会很惊讶地对我说："天啊！你会说法文耶！""你竟然知道侯麦的电影！""你旅行过不少国家、去过很多地方、认识很多人，真是厉害！"我虽然没有法国国籍，但不表示我就做不到法国人能办到的事，我在很多方面甚至可以做得比法国人好，因为我会努力去做到我想完成的事，这和我是不是法国人没有关系。

亲爱的，尽管我在台湾时常因为想法怪异而被认为比较像法国人（我也不知道为什么是法国），但是来法国几个月之后，我可以肯定地说，我是彻底的台湾人，而且我会尽最大的努力，让自己不要变成自视甚高、骄傲的巴黎人！

按摩结束之后，怀着放松且兴奋的心情，我到西帖艺术村报到。出地铁站之后看到艺术村的走廊上有几个流浪汉正在看书，这里连流浪汉都有艺术家的气质呢！

今天第一次帮陌生人按摩，朋友们对结果如何的期待比我还多，早上甚至已经先去"阿力革市场Marché d'Aligre"买了丰盛的食物，要在酒肉果菜的环绕下听我诉说所有的细节。

每天开放营业的阿力革市场已经成为我们最喜欢的菜市场，它离西帖艺术村不远，甚至可以散步过去。经过巴士底歌剧院不久，就会先听到菜贩的叫卖声。"一公斤一欧元！"听到这么便宜的价钱，不管什么我都想买！紧接着叫卖声之后映入眼帘的是颜色鲜艳的各种蔬果。除了街上搭起棚子的摊贩之外，还有一个加盖的室内市场，以及阿力革广场上的跳蚤市场。加盖市场旁有一家可以品酒的酒吧，店里以橡木酒桶当桌子，因为酒便宜、种类多、配酒小菜好吃、气氛佳，常常高朋满座；它的对面是一家有机面包店，总

巴黎下水道博物馆
Musée des égouts de Paris

地址：93 quai d'Orsay, 75007 Paris
官网：www.paris.fr/loisirs/museesexpos/musee-des-egouts/p9691
地铁站：九号线Alma-Marceau 站

是大排长龙。你一定会跟我一样很喜欢这个市场，如果你来巴黎找我，这里铁定是我们的第一站。

西帖村的艺术家们虽然嘴里说我今晚的按摩过程听起来很无聊，没有他们期待的戏剧性，不过我知道他们心里是为我高兴的，因为这表示我可以展开我的按摩事业，继续留在巴黎跟他们吃喝玩乐，并且一起搞个艺术创作来演出。我也因为高兴而多喝了一杯，以至于在搭地铁回家前有胆量跟一个遛狗的男人有了这段对话：

"先生，您的东西掉了！"我追上这位牵着狗、穿着时髦的男子。

不知道是我嘴里喷出的酒气，还是我的怪法文腔让他马上听出我是外国人，他先是回头很不友善地看我一眼，然后才看到我手指的方向。顺着那个方向他终于知道我说的是他掉了狗大便没捡起来，接着，他用比他的狗还凶狠的眼光瞪了我一眼。"Et alors？（那又怎样？）"说完他立刻转头走人。

亲爱的，我不想去思考那些地上的狗大便是否会被我踩到或最终喝进肚子里，要继续留在巴黎的我只能学习跟它们相处，然后学着法国人说："C'est la vie!"

巴黎症候群

第十三章　绿茵街六十四号

64
CHEMIN VERT

这应该已经不只是法语文法的问题，
而是法国人思考的逻辑了。

亲爱的：

我又搬家了。因为不想"被占有"，因为想过独立自主的生活。原来，对我而言，自由才是最重要的。我只愿意属于我自己。

F带着他对我的迷恋，比约定的时间提早一个小时来帮我搬家。对于我离开巴斯卡家这件事，他显然比我还热衷，尽管我一再对他强调我绝对不会马上从新寡奔向新欢。

巴斯卡公寓里少了属于我所拥有的东西，顿时显得有点苍凉，仿佛寄居蟹的空壳，被海风吹出呜呜的哀鸣。

F的红色轿车行驶在巴黎外环道上，阴灰的晨光中，哀郁挥之不去，泪水浸湿了我的襟帕，迷蒙的眼里仿如看到我在巴黎天空下的一段似水年华，如幻梦泡影般地自身边流泻而去。

一九九七年初夏，M开着他的红色轿车到巴黎北站接我。那时阳光和煦，绿荫扶疏的大道两旁尽是美丽的风景；墙面经过细心维护的美丽建筑、人行道上林荫下的无数户外咖啡座、放松生活的人们……还有我激情未褪的热恋。一切的一切都让我深爱巴黎。

七年后的今天，我坐在几乎同样血红、同样款式的轿车中，带着我所有的行囊行驶在正进行电车工程而满目疮痍的巴黎外环道上，试图远远逃离感情的沉重负荷。在几经跌跌撞撞之后，我又再度回到了原点、再度陷入长思——"倘然，即即是离，那么是不是该重新安排'舍得'的意义？"

"雨果之家"位于孚日广场东南角，免费参观。

孚日广场是我心目中巴黎最美的广场。夏天来这里日光浴的男人女人很多。

　　我们都是单独地来到这世上，身是身，魂是魂，各自是各自的牵挂；然后我们偶与人相遇，擦撞出空中如叹息般的火花，一起燃烧，相互灼伤，又各自陨落；然后又是下一个轮回的开始，遇到一个相看俨然的人，重演着亘古不变的戏码；然后……微凉的晨风很快吹干了我的泪痕，我把身外之物又都送回殖民地街C家的地窖，暂时搁下，希望这段记忆从此尘封在黑暗中。它可以偶尔出现梦中，但不要在我醒敏时来干扰我。因为，生活还是要继续！

　　踏出幽暗的地窖，天空已经不再阴晦，蓝天里的阳光普照着，教堂正好也在此时敲响了带给我希望的钟声。

　　我一如往常，即使明知上课已经迟到了，还是让F载我往学校的方向去，假装什么事也没发生过。路上经过了巴士底广场，看到为了庆祝巴黎从二次大战中重获自由纪念日所搭设的表演舞台。于是，我开始进行一种我遭逢逆境时常做的慈悲心禅修，想象战争为他人带来的苦难，浓浓黑雾笼罩着众生；然后想象自己是一道帮助那些人离苦得乐的白光，要穿透并化散

古老的玛黑区街道，充满着怀旧气氛。

孚日广场旁的长廊下偶有街头艺术家的音乐会。

玛黑区里深藏着几间犹太教堂，常常看到穿着正式的犹太人来此做礼拜。

那重重黑雾。试着深切体会别人的痛苦，我领悟到我比太多人幸运多了。随着化身助人的那道白光越加强大，我的意志也随之坚强，终于我的苦已经不算什么了，我是一个有余力助人的强者。就这样，往三千大千世界回向的慈悲心，也把我从哀恸中解救出来。

然后，望着从灰云中苏醒过来照耀着大巴黎的阳光，我学着《乱世佳人》里的郝思嘉，说着："After all, tomorrow is another day!"

今天学校教的法文是"虚拟式"，你之前应该没学到这个时态吧。虽然我听得头痛，却觉得这个时态很有意思。我很难向你解释这个时态，因为这应该已经不只是法语文法的问题，而是法国人思考的逻辑，常常牵扯到认知上的差异。在听完老师的讲解之后，我只希望往后有人请我做事情的时候都用这个时态。

"Je veux que tu le fasse." 我希望你去做（可是你要不要做，我也莫可奈何）。

"Il faut que nous partions." 我们应该走了（可是你要不要走，我也不能强迫你）。

在老师的要求下，我造的两个练习句是：

"J'exige que vous enleviez votre main de ma jamb.（我坚持您把手从我腿上移开。）" 这是前几天我搭地铁时被一个坐在旁边、看似神灯人的怪叔叔摸大腿时应该讲的，因为我不确定即使我说了，他会不会真的把手移开。但是那时我还没学这个有礼貌的法语时态，只跟他说了我比较常讲的"Laisse moi tranquil!（别吵我！）"，用的是命令句。以老师对我的认识，她似乎怀疑我为什么没有当场在地铁里尖叫或把那个人揪去报警要求法办。其实，我那时正在决定要不要搬离巴斯卡他家，没有心情管是否有神灯人在地铁里偷偷摸我的大腿啦。如果巴斯卡能用这个委婉的时态对我说话，我可能会继续住在他家吧。"Tu dois passer ce week-end avec moi, pas avec tes amis.（你这周末必须跟我在一起，而不是和你的朋友们。）"

听到他竟然这样命令我，我就决定搬离他家了。

第二个造句练习是："Je cherche quelqu'un qui paye tout pour moi.［我寻找一个为我付出一切（金钱）的人。］"这样我就可以无后顾之忧地到处旅行、学钢琴、学跳舞、学这学那，并且去吃米其林餐厅。不过这个人"也许"并不存在，所以我用虚拟时态造句。

我的老师很幽微地笑了笑。她应该是觉得用字没错，时态也对，但想法可能有点怪，但对于一个会吃蛇肉的人而言，应该是成立的吧。

下课后，要不是我在地铁上被邻座的黑人的体臭熏到夺门而出（巴黎地铁在夏天时真是五味杂陈得可怕），我差点忘了得在斯大林格勒地铁站转车，往十一区绿茵街六十四号的丹尼尔家里去，那里将是我在找到下一个住处之前的暂时住所。我这个按摩客户已经背痛到极点，只能趴在床上哀号，他提议把一个房间让给我睡，也好就近有人能照顾他，帮他买水做饭什么的（这个告诉我巴黎自来水可以放心生饮的人居然自己都只买水喝！）。丹尼尔不太愿意接受脊椎开刀手术治疗，希望我能先陪他去看一个神奇的整脊师，期待我能以专业眼光预防这位姓猫的先生扭断他的脊椎。

经过第十一区区公所的时候，刚好遇到有一群人高举帆布旗正进行抗议，区公所则是大门深锁。在巴黎看到游行抗议是家常便饭，"greve罢工"几乎是我到巴黎之后学到的第一个单词——因为地铁常常闹"greve"。他们常以瘫痪整个城市的交通这种强烈手段要求个人福利；每次遇到地铁罢工，我都觉得深受其害而对那些严重影响我生活的人咒怨不已（他们害我无法去赴饭局！），但是巴黎人却对罢工习以为常，觉得这是正常现象，是法国的特有文化，所以即使必须走两个小时的路去上班，或是前一晚就住在公司附近的旅馆也觉得无所谓，还说幸好自己的国家能让他们这样做。这样的思考差异就像动词虚拟时态一样，让我难以理解。

今天的罢工抗议看起来倒是很特别，因为人数不多，没有大游行，只是在区公所前安静地进行，而且所举的布条上有抗议中国人的字眼！虽然我几乎已经习惯了巴黎人近乎种族歧视的态度，但是如此明目张胆地举旗抗议中国人还真吓了我一跳。回家问问博学多闻、但现在只能趴在床上的丹尼尔发生了什么事，他说因为第十一区有越来越多的中国人进驻，几乎买下所有建筑的地面楼开设成衣批发店，而且一家接着一家地开，原来的传统面包店和奶酪店都被这些成衣店取代了，整条街变得很无趣。而且他们卖的几乎都是一样的东西，也就是很丑的衣服，所有店面都堆得像仓库，严重影响市容。原来很有味道的街景，现在因为这些中国人开的成衣店而变丑了，所以那些在区公所上班的人决定关门抗议。

我又不懂这样的逻辑了。与去辅导那些成衣店把橱窗弄美一点儿，让衣服有人愿意买，并且让街道看起来更美丽相比，这些人宁可选择不工作一天，关上区公所大门而在广场上以近乎同乐会的方式进行抗议，我想这样的抗议行为应该就像虚拟时态吧。中国人应该不会因此而改善橱窗摆设，因为对他们而言，这样的堆积法并没有任何问题，生意照做，而且可以放更多衣服来卖呢！他们可能反而觉得隔壁玛黑区新潮时尚服装店的橱窗里只摆了一件衣服，有时甚至不知道店里卖的是什么才奇怪吧。而且区公所因为觉得中国人的商店丑而罢工，反而会让区里的居民抱怨中国人，影响整个行政区的和谐不是吗？

亲爱的，我希望我搞懂法国人的逻辑与虚拟时态的那天早点来临。当然，如果我用法文对你说这句话，我想我必须用虚拟时态，因为那天"或许"不会来临。

在床上趴了好几天的丹尼尔决定跟我一起下楼去买水（最后当然得由我提上四楼），顺便带我在家附近晃悠，认识一下周遭环境。

绿茵街上确实有很多中国人开的成衣仓库，成堆的衣服的确也无法引

起我的购买欲。丹尼尔说他们都是温州人,而且都受到帮派保护。这样的说法也未免太道地和专业了,他果然很了解巴黎啊!

从丹尼尔家沿着绿茵街往西边走,会经过加了盖的"圣马丁运河Canal St. Martin",现在运河上是一片长形的大公园绿地,周末还有传统集市。他说愿意出钱买菜让我在这个周末煮一顿晚餐办个小型的soirée,我想煮什么都可以,他说他可以从我高超的按摩技术知道我应该也很会做菜,这样的说法还真让人难以拒绝!

过了圣马丁运河,我们继续往玛黑区的方向走,很快地就来到"孚日广场Place des Vosges"。"这是巴黎最美的广场!"我很同意他的说法。四方形广场东南角的房子现在是"雨果之家"博物馆,大文豪雨果曾经在此住过,因为是免费参观,我们在丹尼尔的背开始发疼之前很快地进去走了一圈。其中有个房间墙上挂满了东方味的小物件,有着不伦不类的异国情调,不过却可以窥见当时法国人对异国风情的向往。雨果睡过的床很小,他应该不高。我很喜欢里面老老旧旧的壁纸。"法国人啊,就是靠着这些老东西来吸引历史很短的美国游客!"丹尼尔语重心长地说。

我们继续沿着"布尔乔亚街rue des Francs-Bourgeois"往西边走,街上有很多精品店,它们的橱窗设计与摆设果然不同,所标示的物品价钱也很可怕。"根据法律规定,店家必须明显标示橱窗所展示物品的价格。"这真是童叟无欺的表现，而我总是在看了玛黑区这些橱窗里的价格之后立刻打消走进店里的念头，免得自惭形秽。我一定要找一天特别打扮后来逛这些店，就像所有在这条路上行走的男男女女一样。

除了精品店，这条街上还有一家展示巴黎历史的博物馆。"巴黎最老的'新桥Pont Neuf'桥上原版的雕像都被收放在里面，现在桥上的全是复制品。"丹尼尔又开始为我上课了。亲爱的，我要等你一起来看那些古老的桥墩上的石像。

我们继续走到蔷薇街（rue des Rociers），这条古老的街道真美，街上有不少犹太人的甜点店和餐厅，这里可以看到不少头戴小圆帽的年轻犹太人，也有戴黑色高帽蓄长须的年长犹太绅士，以及脸颊两边鬓发鬈曲的小男孩。"巴黎最大的犹太教堂就躲在这里的深院中，还有一家店宣称自己卖的是全世界最好吃的falafel（油炸鹰嘴豆饼）。"听丹尼尔这么一说，我还不知道那是什么东西就马上想吃了，他大概也看出我的心意，马上带我去吃这种在中东很受欢迎的蔬菜球饼。

一边吃着"falafel"，丹尼尔说起犹太人总是被歧视的历史，但他还是以身为犹太人为荣。我不想让深感种族歧视的负面情绪坏了这段美好的午后漫步，马上转移话题建议他去蔷薇街头一家我的好友曾介绍的咖啡厅休息。那家叫作"茶壶里的睡鼠Le Loir dans la Théière"的咖啡厅是我好几个旅居巴黎多年的台湾好友的最爱；听说以前曼玉姐就住在附近，她还是那家咖啡厅的常客呢！丹尼尔很懂巴黎历史，却不知道谁是张曼玉，而且他的背又开始痛了，不想在法国人下班之后、晚餐之前的"喝一杯时间l'heure de l'apéro"去跟人挤着喝一杯餐前酒，我们只好回家吃我煮的泰国菜。

我搞不懂，为什么明明自来水可以喝，他还要我扛一打大瓶矿泉水回家喝，不过看来似乎有钱人都这么做，我也只好帮人帮到底。而那家"茶壶里的睡鼠"，亲爱的，我们一定要一起去！

巴黎症候群

卢森堡公园

第十四章

JARDIN
BU LUXEMBOURG

"Bonjour"真的很重要，没有先说这个通关密语，任何事都免谈！

亲爱的:

原谅我好几天没有给你任何消息,我生病了。

原本只是轻微的感冒,却因为去看了医生后竟变成重感冒(至少我认为是如此),让我在床上几乎躺了三天。幸好丹尼尔的背痛经过猫先生的整理后奇迹似的痊愈了,他也容许我在他家多住几天,并为我做饭。

先说丹尼尔的背好了。

他的脊椎侧弯是长久以来的问题,也是他背痛的原因之一,这种疼痛经由我的按摩之后是可以纾解的,他也乐意赞助我在巴黎的生活费,两全其美;真正让他痛不欲生的,其实是最后一节脊椎的移位。有一天,他弯腰提水,忽然听到"嘎啦"的一声,接着他的背就毁了。(哼!之后竟然把提水这个任务交给我!)

于是,丹尼尔开始了他和不同医生无止境的约会。在法国,如果想要有保险给付生病时的医疗费,必须遵照一定的看诊程序。首先要去见你的家庭医生,就是一般家医科,通常他就可以解决大部分的健康问题;如果家庭医生无法解决,就会开诊断书让你转诊去看专门医生,处理更特别的问题。这听起来很合理,也不难做到,但总得花上很多时间。对丹尼尔来说,我所谓的"很多时间"是指将近三个月!我无法想象连续背痛三个月的滋

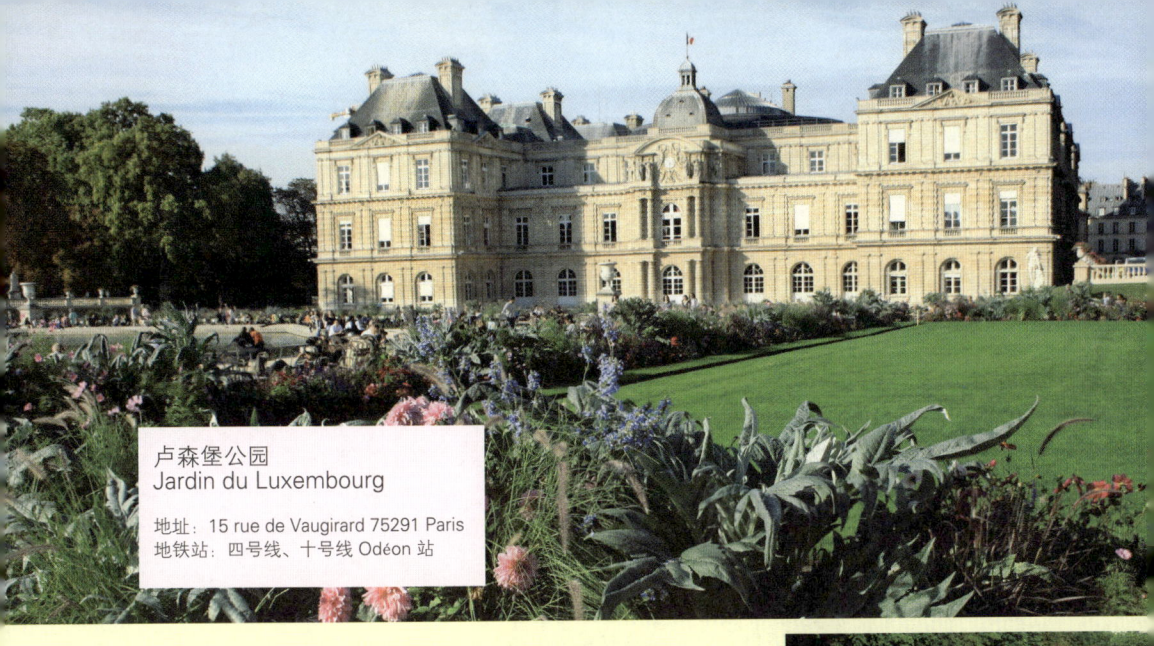

卢森堡公园
Jardin du Luxembourg

地址：15 rue de Vaugirard 75291 Paris
地铁站：四号线、十号线 Odéon 站

味，以及面对越来越痛的恐惧。

  他当然得先跟家庭医生约诊。幸好他缴的保险费比较高，可以看收费较高的家庭医生，因此不用等太久。家庭医生按照惯例开给他止痛药和消炎药以及保护胃壁的药，因为如同许多人一样，他的胃也难以承受消炎药。医生还开了诊断书让他去照X光；他可以先靠止痛药撑过约诊照X光的等候期，然后再看一次家庭医生。这一次，他的家庭医生觉得事态严重了，开了转诊单让他有机会在十天后见到专科医生，但专科医生要求他去拍更多的X光，并继续吃止痛和消炎药。第二次看专科医生后，丹尼尔被要求去拍"核磁共振摄影扫描"，但这个约又是更久之后了。他带着所有的检验结果看了三个专科医生，最后一个和他约了开刀时间，而且已经给他数次吗啡止痛。丹尼尔不是不相信现代医学，但是对脊椎开刀还是抱着恐惧，深怕一个小差错会让他下半辈子不良于行，所以当有人向他推荐猫先生时，他觉得在法国被归为民俗疗法而且保险不给付的"整脊"可能是他开刀前最后的希望。

天气好的时候，卢森堡公园里到处有摊在阳光下晒太阳的闲人，有花鸟为伴。

我跟丹尼尔搭出租车来到猫先生位于郊区的家里，因为怕受不了出租车的颠簸之苦，他已经先用吗啡来止痛了。

猫先生不但姓"猫Chat"，家里还真的养了一只性情明显怪异的猫。他用了很长的时间整治丹尼尔的背，那些整脊时清脆响亮的嘎啦声我永远记得。一个小时之后，丹尼尔已经可以和我走路去搭郊区快线回巴黎了。他之后自己又去见了猫先生一回。在动手术几天前，医生有点生气地对丹尼尔说："你的背根本没有问题啊！赶快取消手术约，还有很多人正痛不欲生地等着开刀呢！"

从此，我对所谓的"民俗疗法"开始真正有了兴趣。不过你也别担心，我不会再像多年前摔断锁骨那一次被我爹带回乡下找什么"仙"一样胡乱信一通，还是会参考有科学根据的现代医术。

只是，这次的重感冒，我真的怀疑是看病看出来的。

因为知道这里看医生很贵，我在还没拿到健保卡可以领医疗保险给付之前，根本不敢去看病。只要有小病，都会想办法自己治疗，喝果汁也要把病给喝好！小感冒就煮姜汤喝，或喝柠檬汁加蜂蜜；喉咙痛就用盐水漱喉咙，或者喷西瓜霜；如果看到我头捂着毛巾脸冲着一盆热水，那是我在用蒸汽治咳嗽或喉咙发炎，水里通常滴有薰衣草、茶树、尤加利、薄荷、迷迭香精油。有时迫不得已也会打电话回家问我爹娘一些土方法，但是尽量不这么做，因为怕他们因此睡不着觉，好像病得比我还厉害。

拿到健保卡之后，我终于敢去看医生了，甚至有种"想知道法国医生葫芦里卖什么药"的期待。于是在我感冒三天还未见好转时，我终于找了个家庭医生，预约好最快能见到他的时间，结果是三天之后的下午两点。

当天，我提早抵达医生的私人诊所，一进门是个候诊室，里面已经有六个人在等候了，大家看到我的表情都像刚死了爹，直到我说出了通关密语——

"Bonjour！"

这话一出口，大家才同时回礼道日安，其中两个人脸上甚至还露出微笑。在法国，如果不说"Bonjour"就没有人会理你，那是通关密语。进商店买东西、问路、买票……只要跟人有所接触，都要先这样打招呼，才可能会有之后的对话或是受到服务，绝对不是说什么"Excusez moi!（对不起）"，除非是不小心踩到别人的脚或者撞到人家的胸部，在这种情况下可以马上说"Pardon!（对不起）"结束一切。"Pardon!" 说完责任也尽了，对方有没有受到影响并不重要，反正我已经说"对不起"，之前所做的事都不重要，通常别人也不会有任何回应。但是"Bonjour"真的很重要，没有先说这个通关密语，任何事都免谈！虽然和诊所里同时候诊的人应该没什么好谈的，大家都生病了，也没多余的体力交际应酬，但是就像进了商店不论是否要买东西，就是要说"Bonjour"一样。

说完"Bonjour"，确定大家不会以为我从八辈子前就亏欠他们到现在之后，我找了个位子坐下来，开始漫长的等待，同时开始听到整个候诊室里此起彼落的噪声。有人咳嗽，有人擤鼻涕，有人甚至好像呼吸困难，我几乎看得见窗户透进来的阳光中飘浮的病菌，它们有很强的渗透穿越力，如果不让我赶快看到医生之后离开，我一定会被那些病菌侵蚀到体无完肤。我终于明白为何我踏进门时，每个人的脸上都充满了敌意，那其实是恐惧，他们应该也都怕被传染。

半个小时过去了，我等到几乎都快昏睡过去，医生的门还是一直深锁着，我怀疑里面的人是否已经病入膏肓，医生才必须花那么多时间看诊，不然就是他带有超级病菌，已经跟医生同归于尽了。

过了五分钟，门终于开了，医生自己走出来，原来里面没有病人，医生刚才在休息！

我又等了一个小时，昏睡八次。终于叫到我的名字的时候，我好像已经走到鬼门关前又被唤醒似的回过神来。

"'拿'先生！"经过这几个月的听力训练，我已经知道这是在叫我了。

医生跟我握手问好，关上门，洗手，然后为我看诊。听我说了症状，量了我的体温、血压，问了我的病史，就差没问我爷爷奶奶的名字，花了很多时间要我伸舌、鬼叫，还敲敲我的膝盖、胸、背，眼睛耳朵都看了，腋下肚子鼠蹊部都摸了（这是在干吗？），然后告诉我只是小感冒，没什么大碍。其实我的症状在前天最严重，后来不知道是习惯还是渐渐自己好了，我来看诊之前已经不再难受到必须看医生的地步，依照我以前自疗的经验，我想应该再喝个几天果汁就会痊愈，但因为我是个守约的人，终究还是准时出现在诊所；倒是在候诊室等了一辈子、又被医生要求做些怪动作之后，我觉得比来之前更虚弱。

医生在我身上花了大概二十分钟时间，仔细记录我所有的状况和我告诉他的病史，随后开给我药单，"多喝水、多休息。"他以废话结束疗程。我在签就诊单时偷瞄到看诊费用是二十五欧元。

"Bonne journée!（祝你有个愉快的一天！）"他没有说再见。其实也对，医生跟病人最好不要再见。

我接着到药房拿药。不过就是"Doliprane"这种普通的解热止痛药，我其实可以自己买或者跟朋友要，没想到却为了它跟病菌相处了两个小时。回家后我真的病得更严重了，隔日在家躺了一整天。我不敢再去看医生，只好继续使用我的土疗法，跟病症相处了将近一星期。

国立高等美术学院
École nationale supérieure des beaux-arts

地址：14 rue Bonaparte, 75006 Paris
官网：www.ensba.fr
地铁站：四号线 Saint-Germain-des-Prés 站

艺术桥
Pont des Arts

地铁站：七号线 Pont Neuf 站

卢森堡公园的冬日雪景非但不显苍凉，反而有特立独出的气质。不愧是我最爱的巴黎公园。

巴黎症候群

皮耶·艾马
Pierre Hermé

地址： 21 rue Bonaparte, 75006 Paris
官网： www.pierreherme.com
地铁站： 四号线St. Sulpice站

拉杜蕾
Ladurée

地址： 21 rue Bonaparte, 75006 Paris
官网： www.laduree.fr
地铁站： 四号线St.-Germain-des-Prés 站

　　今天觉得身体好多了，天气又好，适合散步，我决定到卢森堡公园走走，这是我到目前为止最喜欢的散步路线。希望阳光让我更强壮点。亲爱的，我说过好多回了，卢森堡公园是我最喜欢的巴黎公园，它有美丽的喷泉、法国历史上名女人的雕像，还有纽约自由女神像的雏形雕像。公园里散落着绿色的铁椅，天气好的时候很多人会抓两张椅子摊在阳光下日光浴，矮的椅子可以斜躺在上面，高的椅子拿来跷脚，天塌下来也不管，旁边议院在讨论什么事也是"于我何有哉"。

　　树下有人看书、野餐、打太极拳，有孩童在水池玩小帆船，有人下棋，风中洋溢着花香和恋人絮语。每次来到这个公园都觉得神清气爽，心情不好时来也能得到纾解。"为了这个公园，生活再苦也值得了！"我甚至这样安慰自己。

　　在卢森堡公园晒了一会儿太阳，我继续沿公园北边的"波拿巴街rue Bonaparte"走向塞纳河。这条街上有胖甜点师皮耶·艾马（Pierre Hermé）的甜点店，虽然贵到让我舍不得买来吃，但是店里的甜点让人看了心情都会开朗起来。接着经过著名的"花神""双叟"咖啡馆，现在的知识分子和艺术家应该是付不起这两家咖啡馆的昂贵价格，所以店里只有慕名而来的观光客，或者是住在附近谋杀了有钱老公而继承财产的阔老太婆。如果想看巴黎人高傲的嘴脸，这两家咖啡馆应该是最佳场所；我当然连进去偷上厕所的勇气都没有。继续往前走，我在"拉杜蕾"这家甜点店橱窗边深深着迷地看着各种颜色的马卡龙，这小圆饼的滋味总让我如痴如醉，每次我介绍给来巴黎找我的台湾朋友，都会在他们咬下一口之后听到忘形神迷的满足呻吟。如果有人能为我做出好吃的马卡龙，我愿意给他所有一切！矜持了很久之后，我还是没进去买一颗马卡龙来吃，倒是流够了口水而不再口渴。

走近塞纳河时，我被左边的一个大院子吸引住，刚好门是开着的，我大胆走了进去，原来这里是"国立高等美术学院ècole nationale supérieure des beaux-arts"。它右边那栋建筑有一个很有气质的中庭，让我徘徊不已。我还偷看了几个正在作画的学生，忽然有一种想去当他们的模特儿的冲动。我灵机一动，想着或许我可以重操旧业，来这里当人体模特儿赚生活费，我一定要去问问这个可能性。

离开巴黎美术学院之后，我走到了"艺术桥Pont des Arts"，这座行人步桥其实比你所向往的"新桥"还要迷人。因为没有车子通行，桥上总有人懒懒地坐着、躺着、斜倚着；有人在野餐、有人弹吉他、有人作画，我还注意到有恋人将锁头锁在桥围栏上，然后把钥匙丢进塞纳河里，当然这样就找不到钥匙了，仿佛宣誓着他们永志不渝的恋情，接着他们开始无止境地接吻，让我嫉妒地想把他们推下河去！"对不起！我忽然一阵晕眩。"如果没推成功，我会这样对他们说。

今天的夕阳应该会很美，本来想留在桥上看夕阳，但是大病初愈，身体欠安，我开始觉得虚弱，再不离开可能真的会昏倒在不停接吻的恋人们身上，强迫他们下水找钥匙。我在起风时打道回府，为搬家做准备。丹尼尔的背已经被猫先生治好，也该是我离开的时候了。在拉斐尔建议我先去他家住一阵子之前，我已经买了到意大利的廉价机票，原本以为没有地方住的我会去拿波里和罗马旅行两星期。

亲爱的，我会试着寄明信片给你。

巴黎症候群

第十五章

圣多明尼克街三十四号

34
RUE SAINT DOMINIQUE

**巴黎人的逻辑思考
真是令人难以捉摸啊!**

亲爱的：

曾有巴黎人告诉我，可以从一个人家里有没有洗衣机知道他是否准备在那个地方长住下来。目前我住过的地方，除了从台湾来念书的C家之外，都有洗衣机。没有洗衣机的日子，我就去自助洗衣店洗衣服，觉得有点贵又不方便，要不是有着"在等衣服洗好的过程中可能会有人来跟我说我有一张悲伤的脸"的期待，我想我宁可在家里洗衣服。

哈发耶尔位于第七区圣多明尼克街三十四号的家里也没有洗衣机，他是个还在写博士论文的学生，可能是因为希望有朝一日能搬去台湾住而决定不买洗衣机吧。去过台湾的他搞不懂为什么我会想搬到巴黎来，他可是想要一念完书就离开，最好能搬到台湾。

因为对台湾有着特殊情感，他建议我在找到住处之前先住到他家来，无论如何他不会让我睡在街上。然后哈发耶尔开始教我如何在巴黎找房子。

我到欧洲已经快一年了，还是没有自己的固定住所，必须一直借住外出旅行的朋友的家，甚至有两次因为没地方住而必须去旅行，投靠在欧洲其他城市的朋友。

"先别管洗衣机不洗衣机了，找到房子再说，搞不好你租得起的地方连放洗衣机的位置都没有呢！"哈发耶尔说的颇有道理。

巴黎几个找房子常用的网站我已经相当熟悉，所有的朋友都知道我在找房子，也都保证会帮我留意（虽然都觉得以我的预算应该不容易）。哈发耶尔很惊讶我找房子这么久了，竟然没有"dossier"！"没有很厉害的dossier怎么跟其他人竞争找房子呢？"他便开始帮我准备。所谓的"dossier"，就是如果够幸运、能去参观房子的时候必须给房东看的资料，其中包括所有的个人资料，证明我确实存在而且是合法居留，以及银行里有足够的存款缴房租，总之最好比去相亲还详细，而且还要有"保证人"。保证人必须提供薪资收入单据证明他的收入足够在需要时帮我缴房租。我本来就没有什么有钱的法国朋友，如果还大胆要求人家提供薪资证明来当我的保证人，可能会让人觉得被冒犯而再也不跟我联络。在法国，收入的多寡属于极为个人的私密领域，我想就因为"保证人"这个条件，我应该很难找到房子。

哈发耶尔安慰我，其实还是有些不需要保证人的房子，虽然选择比较少，但还是可以试试。如果有幸能跟房东或中介约到时间看房，一定要提早到，因为一定会有三十个以上的人同时去看房。在巴黎找房子是比应聘工作还要竞争激烈的事，一定要尽最大的努力取悦房东，让他能在最后选择你当他的房客，哈发耶尔的这间公寓就是这样找到的。约好看房那天他提早半小时抵达，房东刚好也提早来整理房子，两人相谈甚欢，而且他所准备的资料俱全，保证人收入颇高，房东当下就决定跟他签约了；接着，等约好的看房时间一到，房东打开窗户跟楼下五十个排队等着看房的人说抱歉，房子已经租出去了，楼下那五十个人也仿佛很习惯地立刻鸟兽散，丝毫没有怨怼的表情。在巴黎找房子就是这么难。

不过至少目前我可以先借住他家，直到我的好运来临。

圣多明尼克街位于巴黎第七区，这是很多人眼中所谓的"好区"，因为附近政府机关多，感觉上似乎比其他区安全。圣多明尼克街的一头是一个巨大的草坪广场，广场南边底端是"伤兵院Les Invalides"，里面有武器博物馆和军事学校，以及放有拿破仑遗体的圆顶建筑，金色的圆顶映照在夕阳下的光辉美丽极了。广场北边与塞纳河相连，沿着塞纳河往西前行，艾菲尔铁塔就在不远处；伤兵院以东坐落着罗丹美术馆，馆里的花园散落着罗丹的雕塑杰作，包括想不通自己为什么会出现在巴黎的《沉思者Le Penseur》；花园里还有一个露天咖啡座，是许多人喜爱的私密景点。这附近在白天总是有不少观光客徘徊，晚上却像是一座死城，对我而言生活机能很差，因为都是为观光客设置的营业场所，也就是说比较贵又不见得好。

离哈发耶尔家最近的超市走路大约要十分钟，而且因为来购物的大多是住在附近的有钱中产阶级，我一个穷学生在里面显然格格不入。前天我去买牛奶的时候还被收银员羞辱，那个跟排在我前面的每个顾客都说"Bonjour"的黑妞，竟然在轮到我的时候没用正眼瞧我，没有问好，甚至在我主动先问好之后也没有回礼，仿佛我不存在，却还收了我的钱，然后跟排在我后面的小女孩用亲切的口气道"Bonjour"。回到家后我还惊讶地发现她把十泰铢硬币当两欧元找给我，害我白白损失相当两瓶牛奶的钱！亲爱的，这是我到目前为止遇到过的最严重的种族歧视。

我很气愤地告诉哈发耶尔我所受到的侮辱。他说他并不意外，因为他住的这一区是中产阶级的"好区"。为了安抚我的情绪，他决定为我下厨做晚餐。他烧了一锅热水，把白米连塑料袋一起放进去煮，接着把冷冻鲑鱼放进微波炉，我们的晚餐在十分钟之内就做好了，如果不是感到巨大的饿，我想我会拒绝吃那样的食物。把米连塑料袋一起放进滚烫的热水里煮？这怎么对得起像我爷爷(愿他在天安息)那样辛苦耕作的米农？

亲爱的，这就是大部分法国人如今在家的饮食方式，他们会去一间叫作"Picard"的冷冻食品连锁超市，那里面有绵延不绝的冷冻库，看起来就像医院的太平间，前菜主菜甜点都是已经煮好冷冻着的，买回家在微波炉这样的懒惰机器加热后就可以吃；如果是单身独居者，通常会一边吃一边上网，如果是家庭一起吃，就是边吃边看电视。谁说法国人一定注重美食来着？

这样的饭吃起来很没有情调，我们很快就结束了这种低级家庭快餐式的晚餐。幸好哈发耶尔在饭后提议去附近一家很有情调的艺术电影院看电影，我才没有觉得受到二次羞辱。

在巴黎人眼中，位于第七区的"宝塔电影院La Pagode"充满了传奇色彩，除了它独具特色的建筑之外，应该更来自它童话般的故事。

从前从前……确切地说是一八九五年，当时巴黎左岸唯一的大型百货公司"Bon Marché"的总裁莫汉先生为了重新赢回老婆的心，决定送她一个最好的礼物。当时，由于日本刚刚开放与西方的通商，在明治天皇积极与西方交流的情况下，整个西方世界流行着一股中国与日本文化的东方风潮。莫汉先生于是请了建筑师马榭尔（Alexandre Marcel），在自家花园里盖了一座具有东方风格的宝塔，作为他对老婆的爱的表现。

这个宝塔建筑在当时引起了很大的轰动，最大的难处在于如何从东方运来建筑所需的材料，例如从日本原装进口的精美木雕窗，然而建筑师还是完成了这项任务，一座具有东方味的宝塔便正式在巴黎左岸矗立。这座宝塔除了外观上让当时的巴黎人叹为观止之外，内部的装饰同样令人印象深刻，其中包括在未来改变了宝塔命运的精美壁画。

莫汉太太深深受到这座宝塔的启发，在此办过数场社交派对，其中包括一场莫汉夫妇两人打扮成"日出与富士山之国"的皇帝和皇后而在当时成为热门话题的晚会。莫汉夫妇在宝塔举办的派对是当时巴黎上流社会最受人谈论的社交活动，甚至也有人租用附近的公寓来办派对，为的只是能从窗户看到宝塔，体会它所传递的异国情调。

然而，这个童话般的爱情故事并没有持续下去，宝塔正式启用的同年，在数场令当时人们议论纷纷的社交派对之后，莫汉太太还是为了别的男人离开了丈夫。宝塔从此如日食般光芒渐淡，直到一九二七年正式关闭为止。

一九三〇年，中国大使馆原本有意租用宝塔，却在看到塔内所绘的中日战争壁画里中国居于劣势的情景之后打消念头。隔年，宝塔内进行了首次电影放映，也决定了它日后的命运。自此，宝塔成为当时巴黎第七区唯一的电影院，以放映艺术电影为主；尚·雷诺和布纽尔的首部电影都在此放映，法国人也在此认识了许多外国电影大师的经典作品，包括瑞典的柏格曼和苏联的艾森斯坦；尚·考克多的首部影片《奥菲的遗言(Testament d'Orphée)》更于一九五九年在此首映。六十年代，宝塔电影院放映了我们都喜欢的楚浮和侯麦等导演的电影，参与了法国电影新浪潮运动。

一九七三年，宝塔电影院再度关闭整修，增设了第二放映厅和围墙，以及一个具有东方情调的花园，也就是今天我们所看到的样貌。这个后来建盖的花园如今是个茶沙龙(salon de thé)，在竹林环绕下的露天咖啡座，也成为看电影前后休憩的好去处。不少知识分子会在看完电影之后，意犹未尽地和同伴在此继续讨论对电影的看法，直到服务生来提醒快打烊了，依旧不想离去，法国人真有讲不完的话与发表不完的个人意见。

一九九〇年，宝塔电影院以"见证了十九世纪末的东方风潮"为由，被法国文化部正式列入历史性建筑，继续以电影院的形式为社会大众服务。

今天的宝塔电影院，不只继续本着初衷放映艺术电影，更和许多电影俱乐部合作，推出"电影大师的经典课"、专题影展、电影导演座谈会等多项活动。这座原本因爱情而生的殿堂，早已成为巴黎艺术电影爱好者的观影圣殿。哈发耶尔带我来这里看电影，为我上一堂艺术电影院历史课的想法，

宝塔电影院的中庭花园，很有东方的异国情调。

巴黎伤兵院。

伤兵院前广场，常有左岸巴黎人来此休憩，也是观光巴士必经之地。

弥补了他懒人晚餐所犯下的错误。他虽然跟我不熟，却知道电影对我的重要程度几乎等同食物，虽然有点取巧，不过还真的受用；在看完电影之后，我已经忘了该向他抱怨草率的晚餐，反而感谢他安排了一个美好的夜晚。这座当初没有赢回美人芳心的宝塔，如今还能让一个人免于挨骂，甚至让我暂时忘了在超市遇到种族歧视的气愤心情，也算是功德一件。

但是，亲爱的，我不懂为什么具有东方风格的建筑可以让法国人向往，而活生生的东方人却得在这里遭受歧视。巴黎人的逻辑思考真是令人难以捉摸啊！

巴黎症候群

第十六章

吉美博物馆和蒙梭公园

MUSÉE GUIMET ET PARC MONCEAU

我不是法国人！
也永远不会成为法国人！

亲爱的：

今天是我在巴黎的第一个中秋节。

要不是因为住在巴黎的台湾朋友提醒，我根本不会感受到中秋节的存在。这已经不是我第一次没和家人过中秋节了，之前因为服兵役、在纽约求学、旅行，我已有多次没和家人共度中秋节，其中只有当兵和在纽约那两次让我感伤，一是因为军旅生活的苦闷，一是离国学子的乡愁，但都没有今天来得让我难过。

一口马德莲蛋糕和一口椴花茶的滋味，让普鲁斯特写下了《追忆似水年华(à la recherche du temps perdu)》。

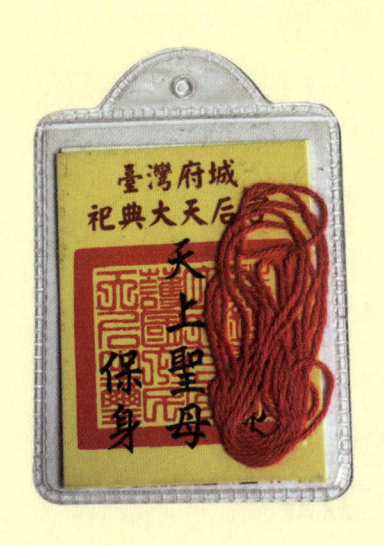

而今天真正唤醒存在我心中对家乡所有回忆的，是屋外忽然传来的铿锵声。

那是房屋整修时搭建的脚手架钢管撞击或掉落在地的声音。

可能是工人在搬运时无意间造成的；没有人会知道这样的"铿锵"一声，会在一个来自东方的游子心中激起巨大的、扩散开后便无穷无尽、难以平息的涟漪,所以无心的工人不经意地又在恍惚刹那间让钢管敲出第二声时,声音虽然更细微,却已以雷霆万钧之势在那泓已然仓皇失措的心湖撩起更大的水波,绵延不绝。

十七岁便离家独居的我,随着年龄的增长,回家探访的次数逐渐减少。由于习惯了大都会的嘈杂,每次回到乡下的老家,我总会在阒然无声的夜里陷入失眠状态,每每要等到东方将白之际,我才能入睡。

而乡下人总是早起,日出而作的习惯与古人无异。住在父母家后面的邻居(在几乎全村同姓的家乡,他们是我早已忘了如何称呼的亲戚),以帮人搭喜宴帐篷维生,就是那种台湾人办喜事,把马路拦阻下来,在他们需要的范围两端设下霸气的路障,而后搭起简单的帐篷,摆上酒席,邀请亲朋好友来像蝗虫一样大吃一顿的筵席。亲戚们所负责的就是喜宴当天在厨师开始工作前搭好帐篷,并且在酒席结束后迅速让街道恢复原状,因此他们很早就必须开始工作。只要刚好遇到他们有工作可做的那一天,我的回乡探访便会不得安宁,他们的生计刚好剥夺了自星子隐没到母亲唤我起床喝她早起为我炖煮的大补汤的那段短暂睡眠时间。我总在瘖寐中痛恨他们工作时不停地敲击钢管的声音——铿锵!

"铿锵!"声音短暂有力,冰冷地划破凝结在巴黎秋天的空气,穿过百年老屋的墙和窗,直捣我内心深处最最脆弱的敏感情绪。在这周围大部分人甚至包括我都不在意的中秋节里,所有的乡愁随之汹涌而来,我竟然掉下了思乡之泪,一发不可收拾。

亲爱的,因为没有多余的钱,我连打电话回家的念头都必须压下来,更别说是像以前一样打电话跟你长聊心情了。只希望那"铿锵"一声能传得更长更远,直到你的所在,那是我来自巴黎的中秋祝福。

你听到了吗?

因为不想耽溺在思乡情绪里无法自拔,我决定远离那可能继续不断的"铿锵"声,在与朋友到艺术桥上野餐赏月之前,先到"吉美博物馆Musée

Guimet" 逛逛，以解我浓得化不开的乡愁。还记得我从纽约回台湾的故事吗？当时在纽约的研究所毕业后连工作都找好了，上班前一个星期忽然在凌晨三点醒来，想吃高雄三多路和光华路交接口那一家肉圆，接着仿佛闻到奶奶用月桃叶包的粽香，我自问："真的要住在布鲁克林大桥旁的高级公寓里，下半辈子难以吃到肉圆、粽子和蚵仔煎吗？"隔天，我就买了回台湾的单程机票，结束了我的纽约生活。

然而这一次，我决定要坚强，况且我也没有钱买机票。

吉美博物馆位于巴黎第八区，是专门收藏亚洲艺术文物的博物馆。这已经不是我第一次来了，我记得多年前初次来参观时，曾在那些法国从亚洲（窃）取来的佛像前感动到几乎落泪，我想在今天这样的思乡情绪里是适合来这里痛哭宣泄的。

果然，那些应该放在吴哥窟的雕像、西藏唐卡、观音神像今天都带给我极大的感动。要不是有美术馆的安全人员在一旁监视，我可能会冲上去，抱着一座神像号啕大哭！奇怪，怎么还是没有人来对我说我有一张悲伤的脸呢？

亲爱的，如果你问我，除了吉美博物馆之外，巴黎还有什么私房景点？我一定会带你去"蒙梭公园Parc Monceau"，而这也是我今天离开吉美博物馆之后走去的地方。

蒙梭公园也位于第八区，其实离我发誓再也不要踏上的乡舍丽榭大道不远。这是一个"半公家"公园，也就是说平常像一般公园一样对外开放、有固定的开放时间，但是公园旁的六户住家有权随时进去使用。我真想在他们楼下徘徊，等有人走出来的时候问问他们顶楼有没有佣人房可以廉价租给我！

蒙梭公园气质非凡，因为它有英式花园的风格——较不规则的格局、吉美博物馆里有很多来自亚洲的佛像。

弯曲的小径，以及随意摆放的雕像。公园里还有一些奇异疯狂的东西——埃及金字塔、中国城墙、希腊石柱、荷兰风车和日本石灯，然而这些东西在这里看起来并不突兀，反而增添了异国情调。有不少应该是住在附近的中产阶级俊男美女来这个公园慢跑。不晓得他们愿不愿意找我当室友？

一七九七年，法国第一个利用降落伞跳伞实验着陆的地方就在蒙梭公园内，这是我今天从公园地上的标示纪念碑文知道的。如果你看得够仔细，

吉美国立亚洲艺术博物馆
Musée Guimet

地址：6 place d'Iéna, 75116 Paris
官网：www.guimet.fr
地铁站：九号线 Iéna 站

也许还能从这里的几座雕像中找到肖邦的塑像。莫奈曾经在这个公园里画过五幅作品，虽然从他的画作里闪烁的光影和笔触你很难揣想公园的样子，但是相信我，你一定也会喜欢这个公园。

我没有在公园待太久，在长板凳上吃完三明治之后就往公园东边的"谢努奇博物馆Musée Cernuschi"走去。这里是属于巴黎市政府管辖的博物馆，里面有大量来自中国、日本和韩国的文物，亚洲艺术文物的收藏量仅次于吉美博物馆，而且可以免费参观。因为喜欢里面的古老中国陶俑和钧窑瓷器，我已经不止一次造访这里了；每次看到里面端坐的那尊大佛，都会让我内心平静许多。在这个大家可能相约烤肉的中秋节，我确实需要来看看这尊佛，以免自己又因为一时冲动而借钱买机票搬回台湾。

我在大佛前坐了好久，忽然开始思考起"自己是谁"的问题。你知道我是个不喜欢懊悔过去或是计划未来的人，我只活在当下，也很少思考自己究竟是谁这种人生课题。可是就在低眉对我微笑的大佛前，我忽然自问："为什么我会在这里？"我知道自己常常让人觉得怪，你也会用鼓励的口吻对我说："没关系，至少你是怪得可爱！"当我在台湾时的法国室友詹姆士跟我说："Ken，你是法国人。"我们甚至觉得这句话为我的怪异行为和思想找到了答案。

可是，亲爱的，在大佛面前，我确切地领悟到："我不是法国人！也永远不会成为法国人！"

虽然住在法国的土地上，人家过圣诞节的时候我根本不在乎，却会在端午节拼命约人包粽子；进了教堂里即使觉得真是美，却没有上帝永远在那里准备惩罚我的恐惧，反而在美术馆看到观音像会忽然感动得想要跪下来叫娘（我妈说我小时候很难养，所以把我带去送给观音当"义子"，每次回家她都会带我去凤山龙山寺拜拜，向我义母请安、感谢她的保佑）。在罗浮宫、奥塞美术馆看到伟大的艺术杰作我会发出赞叹，但也就仅只如此，它们带给我的感动反而抵不上在中秋节看到一尊不知名艺术家创作的唐代陶俑。我虽然喜欢法式料理，但没钱的时候久久不吃法式食物也无所谓，却不能太久没有尝到酱油的味道，没有酱油我会枯槁死去，仿佛那是形成体内血液的必要元素。虽然我在自己的国家因为行为思想怪异常常被朋友戏称是外国人，可是在别人的国家却从来没有人认为我属于他们。这不是因为我的黑眼睛黑头发黄皮肤，而是因为根深蒂固的文化背景。

就在大佛前，我能明确地告诉自己，即使在巴黎找到房子住下、找到谋生的方式长久待下来，我也不会"变成"法国人。

也许哪一天圣母玛利亚忽然在我面前显灵了，我还会问她："请问你是谁？"但是当我在异国看到一幅已经古旧到模糊难辨的观音画像，我仍会在心里喊她一声娘。这是文化问题，并且是我无法改变的事实。

而且，亲爱的，事实是，在巴黎，法国人觉得我更怪！就在此时，那尊端坐在谢努奇博物馆的黑色大佛仿佛微微笑着对我说："孩子，你终于找到答案了！"

在巴黎不能随便烤肉，我跟几个台湾来的朋友约好了在艺术桥上野餐。今晚的圆月果然大得惊人，我们千江有水千江月、千里共婵娟。因为桥上风大寒凉，我们很快地吃完带来的食物和特地去中国城买回的价格昂贵却味道普通的月饼，伴着塞纳河上的圆月起舞取暖。这一个异国中秋夜，连平常被认为是"老学究"的W也大跳起探戈，还拼命要找烈酒喝。这寒凉的巴黎夜让我们再也无心赏月，在唱了几首和月亮有关的歌，我趁大家不注意时偷偷吃光所有食物之后，我们便作鸟兽散了。

亲爱的，你的中秋节怎么过？还是因为你没有像我一样身在异国的思乡情绪，根本不在乎今天是不是中秋节、月亮哪里比较圆？

佛教艺术馆
（Galeries du Panthéon bouddhique）

属于吉美博物馆，是可以免费参观的私房景点，馆内有座宁谧的日式庭园。

蒙梭公园
Parc Monceau

地址：boulevard de Courcelles, 75017 Paris
地铁站：二号线 Monceau 站

谢努奇博物馆
Musée Cernuschi

地址：7 avenue Vélasquez, 75008 Paris
地铁站：二号线 Monceau 站
★免费参观

吉美博物馆和蒙梭公园

巴黎症候群 155

巴黎症候群

第十七章

洗衣妇岸道十六号

16
QUAI DE LA MÉGISSERIE

法国人用"la vie en rose玫瑰人生"来形容幸福的生活，我想这就是了。

亲爱的：

尽管在哈发耶尔的协助下，我找房子的过程并没有比较顺利，常常看到觉得不错的租屋广告却都因为对方要求要有"保证人"而不得不自动放弃。哈发耶尔建议我还是找个保证人吧，不然我可能会在他家住到我们两个人都发疯。

在巴黎和我比较亲近的法国朋友大部分是学生，不然就是领失业救济金的"chǒmeur"（失业者），这是他们身为法国人的福利，我就认识两个人甚至因此不想找工作，反正有政府养，其中一个甚至已经领了快十年了还在领！这些失业的人不但享有领取失业救济金的福利，政府怕他们没事做会胡思乱想，希望鼓励他们多出去从事一些有益身心的活动，因此给他们一张特别证明，让他们去美术馆、游泳池、付费公园什么的都不用花钱，即使有些必须付费的活动也都有"失业者优待价"，法国人真是幸福啊！

当然，这些失业者不可能当我的租屋保证人。

于是我只能把脑筋动到艾力克身上，虽然我不知道他每个月赚多少钱，但是我知道他的公寓租金是两千欧元；依照这样算来，他有资格可以当我的保证人（保证人的薪资必须至少是房租的三倍，越多越好，而我的租屋预算是五百欧元）。

"让我想一想再告诉你。"艾力克在我终于鼓起勇气对他提出要求之后面露难色地对我这样说。

两天之后，艾力克打电话来，用既为难又歉疚的口气告诉我，先找找看能否找到别人，如果真的找不到，又确实有需要，那么他可以当我的保证人，只是我得保证不会有要让他替我付房租的那一天出现。

我想，我会尽最大努力，不要让艾力克当我的保证人。
"不过，我就要去非洲出差了，如果你需要更多的私人空间，我不在的时候你可以来住我家。"艾力克似乎觉得对我有所亏欠地向我提议。其实他不必这么做，因为我知道他是个做事谨慎的人，不随随便便当保证人是正常的，即使他完全拒绝我，我也不会意外。不过，我还是欣然接受了他的提议，并答应会以三次按摩来交换。

于是，我又搬家了。

哈发耶尔帮我搬家到新桥旁的顶楼公寓的这一天是个温暖得像夏天的日子。这次我没有带着所有的家当，它们还继续堆在C位于十三区的地窖里，只是因为天气渐冷，我跟C约好了周末要去她家地窖里"换季"。因为知道这次不能久留，我完全是以一种旅游度假的心情，背着我的皮质大旅行袋，在一个仲秋的早晨，来到塞纳河旁的这个高级公寓，开始了我一生中的另一段时光。哈发耶尔则前往国立图书馆，继续进行让他痛苦的博士论文研究。

和艾力克吃过早餐、送他出门后，我先在他的公寓里享受了阳光充足的宁静时刻，之后才搭上不用转车就能到达学校的地铁去和我的新法文老师见面。星期二下课后到"美丽城"每周两次的廉价露天市场购物已经成为我的习惯，在这里可以用比超市便宜一半甚至更多的价钱买到蔬菜水果（只是他们老希望你一次买很多，而且常会买到很快就烂掉的下等货）。我

贝聿铭设计的罗浮宫塔入口是建筑史上重要的杰作。

喜欢家里看得到很多水果的丰收感，所以扛了两公斤硕大的草莓、两公斤青苹果、两公斤红苹果、两公斤香蕉和两公斤橘子回家，还买了做色拉用的生菜，以及一欧元的二手意大利名牌花衬衫。下午在满室的阳光中，自己做了三明治和色拉及水果大餐，丰富的维生素C和阳光真是美妙的组合，我在中秋节所受的风寒似乎已经好了大半。

这是搬到塞纳河畔公寓的第一天，我一直处于兴奋状态。

艾力克的公寓位于一栋老房子的顶楼，老房子里有一座小小的电梯，可以载重二百二十五公斤，像我一样的瘦子可以挤下三个人，胖一点儿的两个。进电梯前要先决定好站的方向而选择正面走入或倒退进去，因为电梯小得让人无法回身，残障人士的轮椅根本进不去。艾力克的家里以木质地板、木造家具和白色调为主，不论何时都给人一种温暖的感觉；所有的家具都是他住在老挝七年间收集来的，大部分是特地定做，很有他的个人味道；其中我最喜欢一张仿古写字台，总让我联想到以鹅毛笔写作的萨德；墙上挂的油画来自他的老挝艺术家朋友，画框是他特别挑选木头订制的；公寓里有一间卧室、一间客厅、厨房、厕所，和下午泡澡时可以仰望蓝天白云的天窗大浴室；到处都能看到东南亚特有的布匹，和他搜集来的东南亚文物。

这个古老的公寓就在我最喜欢的巴黎散步路线旁，下楼走出大门后就是许多人梦寐以求的塞纳河美景，不过并非你所想象、起床睁眼就能看到美景那般奢侈。这样的奢侈是楼下睡在人行道上的流浪汉才能享有的幸福，他们睡醒后只要翻开被子就能看到这许多人必须花上大笔金钱才能大老远飞来看的景色，甚至在难得的好天气下午，大家特地来此享受时，他们还是闷在被子里睡大头觉，完全不觉得这美景有多稀罕！

尽管小感冒尚未痊愈，我还是趁着阳光灿烂的温暖午后，进行了一趟塞纳河岸漫步。

艾力克花了三个月才找到的这间公寓，位于塞纳河右岸，在新桥和夏特雷广场之间，楼下就是巴黎的花市。我在摆满盆花的人行道上研究花的名字，很多没见过的花正绽放着美丽的花朵；马路对面沿着河岸有一排传统旧书摊，它们已经成为塞纳河畔风景的一部分，如果少了这些旧书摊，沿着塞纳河的散步将会少了一分浪漫。沿着河往西边走，过了第一个马路就可以抵达新桥，这是我和你最喜欢的电影场景，我们总幻想有一天也要来这座桥上放烟火（然后跑给警察追）。这座巴黎最古老的桥也常常出现在我的美梦中，不过我梦中最常出现的新桥样貌却不是李欧·卡霍的电影《新桥恋人》(Les Amants du Pont-Neuf)中的样子，而是我只闻其实却未能及见的日本设计师高田贤三用鲜花覆满的桥。高田贤三的Kenzo旗舰店就在离我最近的街上，以新颖的风格正对着新桥而立。除了服装，他还设计了一个很"chic"的咖啡厅，里面用的全是菲利普·史塔克设计的家具，最时髦的巴黎俊男美女不时在此流连，让我和我妹曾经在入口处自惭形秽地不敢走进去。

跟Kenzo相对的是著名的"Samaritaine"百货公司，有钱人可以在这里买到很多挂上名牌标签就售价惊人的身外之物，而我则是记得曾在天气好的某一天到顶楼的户外咖啡座，边喝咖啡边看美丽的塞纳河风景。再沿着河走就会遇到我最喜欢的"艺术桥"，今天傍晚同样聚集了一群带着艺术家气质的年轻人，他们有的作画，有的正贩卖自己的画作，有的弹吉他、打鼓、唱歌、喝啤酒聊天，但更多人只是像我一样毫无目的地在桥上闲晃，看看桥下经过的"苍蝇船Bateau Mouches"和船上的观光客，以及享受身边免费的艺术娱乐。我注意到艺术桥上的"情人锁"比上次来时又多了好几个，显然有更多的恋人曾经到此宣誓过对彼此的爱情。在艺术桥上看夕阳是再美好不过的事了，我和许多年轻艺术家、热恋中的情侣以及陌生的观光客前世不知修了多少年的因缘，得以在这样美好的时光中一起共度这"魔术时刻"。法国人用"La vie en rose玫瑰人生"来形容幸福的生活，我想这就是了。

艺术桥在河右岸的尽头就是罗浮宫，看完夕阳之后，我今天选择从这座古老的宫殿穿越而过；走过中庭、经过贝聿铭设计的金字塔入口，这个建筑杰作在魔术时刻中显得更是迷人。我最喜欢的散步路线其实还会接着穿过"杜乐丽花园Jardin des Tuileries"，在喷水池旁的公园绿铁椅上坐一下，接着穿过花园，在"协和广场Place de la Concord"的方形埃及尖碑结束我的漫步；不过今天在夕阳西下后秋意已凉，我不想再受风寒，而且已经尽兴，所以提前结束了我的散步，直接走出罗浮宫，到"皇家宫廷站Palais Royal"搭上地铁七号线回艾力克他家。

进住艾力克家之后，我为自己做了鱼香肉丝当作第一顿晚餐，葱姜蒜和酱油及糖的巧妙组合，让这道菜的酱汁美味无比，我索性把原本要单独做成一道料理的青花椰菜也丢了进去，让它沾染美味的酱汁，再拌了一大碗生

艺术桥上的人影。

塞纳河岸的旧书摊让巴黎更添风情。

菜色拉,和许多新鲜水果。在烛光中,独自晚餐也是一种享受。

晚饭后我又出去小小散步了一下,夜里的塞纳河更美了,河边的建筑物都被打上昏黄的灯光,偶尔经过的苍蝇船带着强烈的侧灯,总让我一阵惊喜,船上的人也会高兴地和岸上桥上的人挥手欢呼,仿佛宣布此时此刻他们是全世界最幸福快乐的人。在新桥上刚好看到艾菲尔铁塔的整点灯光秀,像是仙女下凡要将欢乐与美好洒满人间。艺术桥上仍有人弹着吉他、欢唱、作饮、或沉思,眼前耳际的一切都是无限美好,就是在这样的时刻,我才感受到不论生活有多辛苦,能够身在巴黎,就是一种幸福。

不过这一次我并没有在美梦中耽溺太久,我知道我有法文作业等我回去做,如果我的法文再不赶快学好,在法国人眼中我就什么也不是。当我终于绞尽脑汁完成法文作业之后,我决定今晚要好好地泡个澡。虽然比不上阳明山的温泉,但是在巴黎能够在家里泡澡已经是异国生活中极大的奢侈享受了。

在浴缸里,当我完全放松之后,我忽然领悟到今天的幸福快乐都只是短暂的假象,我还是得面对现实,继续找房子、继续省吃俭用、继续和法文奋斗。或许有一天,我也能在巴黎找到属于我的位置,即使,亲爱的,我真的不知道这个位置对我有什么意义。我只知道,无论如何,我会继续走下去,因为这是我自己所选择,我要看看我的人生在这样的选择之后,会把我带往何处;所以继之而来的不管是苦是乐,我都要欣然接受,因为,这是我的人生。

洗衣妇岸道十六号　　　　　　　　　　　　　　巴黎症候群

巴黎症候群

第十八章

帕蒙提耶的圣诞节

NOËL DE PARMENTIER

我对你提起这件事，
是想告诉你巴黎真的有很多怪人。

亲爱的：

　　你知道我不喜欢圣诞节，自从人们不再互相寄送圣诞贺卡之后，圣诞节对我已经几乎没有任何意义。我在纽约的时候，室友是犹太人，他不相信耶稣基督的存在，所以我们不过圣诞节；而在台湾的时候，我总是在圣诞节还没到来之前，就已经先被商店里重复播放的圣诞歌曲给疲劳轰炸到即使真看到圣诞老人也想闷死他的地步。那些在我脑中萦绕不去的圣诞旋律，真是我每年的年终噩梦。

　　法国是天主教国家，在这里过圣诞节是天经地义的事。因为少了恼人的圣诞音乐，我甚至觉得在圣诞节期间巴黎各家商店特别布置的橱窗颇有美感，街上的圣诞灯饰也会在下午天色早早暗去之后让人感到温馨，为寒冷的冬天带来一些暖意。不过也就仅止于此了，我对圣诞节没有更多的情感寄托，因为那不是我的文化。今年的圣诞节快到了，乡舍丽榭大道上的圣诞节灯饰据说已经点亮了。我还特地抽空去看了老佛爷百货公司和春天百货公司的圣诞节橱窗布置，果然是经过精心设计的，满足了人们对圣诞节的甜美幻想，而且不着痕迹地刺激购物欲望，真是高明。看着那些父母专程带来拍照的小孩的眼神，我几乎都快和他们一样相信圣诞老人的存在。"请送我一间公寓！"即使我知道那装不进袜子里。

大皇宫每年冬天都会推出临时游乐园"Jours de fêtes"，满足了我和许多人未泯的童心。　　老佛爷百货公司圆顶下的圣诞树。

　　不过，我今天要告诉你的这件事，跟圣诞节其实没有太大关系，除了他的名字。这件事反而跟我们都很喜欢的法国电影导演侯麦有真正的关联。跟我的网友——名叫"Noël圣诞节"的怪叔叔见面是今年巴黎生活的最大震撼，我恨我自己当初为什么没有马上掉头就走！

　　很难想象我的生活如果没有网络会变成什么样子。"网友"这个近几年才出现的词，如今早已取代"笔友"成为我生活中一个极重要的元素。我常常和网友见面，过着"送往迎来"的生活，一方面以练习法文对话为借口，另一方面则是随时想找到可以安身之地，搞不好这些网友有什么租屋讯息，或者他们正在寻找室友，甚至更有钱一点儿的家里有佣人房可以廉价租给我。

　　Noël（他应该是在十二月二十五日出生的吧，不然怎么取名叫圣诞节）主动跟我联络，因为我的电子信箱是"le rayon vert(绿光)"（这部电影的导演侯麦据说在法国通常只有知识分子才会喜欢），引起他的注意。他说自己是电影教授，写过一本关于侯麦的书，自称是侯麦专家。

　　你知道我对知识分子有着无可救药的着迷，根本不管照片上的他长相

帕蒙提耶的圣诞节　　　　　　　　　　　　　　　　　　　　　　　　巴黎症候群

如何，就答应见面了，连他跟我约在他的住处我都不疑有他，觉得他可能是要给我看他的电影收藏跟所写的书吧。而且他住在第十一区帕蒙提耶附近，这是我最想居住的区域，因为这里有很多有趣的咖啡厅和酒吧，而会到这些地方的人看起来也都很有意思。丹尼尔告诉我这里是年轻艺术家聚集的区域，因为房租还不算太贵，所以他建议我应该在这一区找房子。我来过几次，对这一带有很好的印象，所以如果圣诞节他家有多余的房间可以租给我，那就再完美不过了。

跟克里斯提安语言交换结束之后，我来到距圣诞节他家最近的帕蒙提耶地铁站。已经来过这附近几次的我居然迷了路，一连走错两条大道，浪费了近半个小时还没找到他家，而我竟然还不知道这是上天要阻止我去见他的巧妙安排！

圣诞节不断打电话来，并没有要来地铁站接我的意思，只告诉我往北走。叫一个已经迷了路的人往北走其实跟叫他往人上走是一样的，我又没有随身携带指南针。后来他跟我改约他家隔壁的咖啡厅，我想这样也好，在公共场所见面至少比较安全，喜欢侯麦的人搞不好会是个怪叔叔。

然而我大错特错，我根本不应该和圣诞节同时出现在公共场所！

我终于找到那家咖啡厅，就在地铁站旁边。圣诞节显然也刚到不久，才刚被女服务生招呼坐定位，我踏进咖啡厅时正好看到女服务生脸上嫌恶的表情，以及所有人看我的奇怪眼光，好像我没穿衣服，直到圣诞节微微站起来半蹲着跟我握手，我才恍然大悟。

圣诞节竟然光着两条毛毛腿！

在法国，即使在夏天，在餐厅、咖啡厅里露出两条毛毛腿也是一种很不礼貌的行为，更何况现在是气温不到十度的冬天！我故作镇定地坐了下来，随即闻到一阵臭味。看着圣诞节穿的破T恤，我确定那味道是他积了三年没洗掉的身体污垢所飘散出来的。你知道我痛恨餐厅里有人抽烟，但这时却渴望同时有一百个烟枪出现在这里，每个人在我周围抽他个八包烟来盖过圣诞节的味道。

圣诞节很厉害，不但能狼吞虎咽吃完他点的鲑鱼排意大利面，喝完一瓶红酒，还能一边不断地问我问题。哪里人？做什么？为什么喜欢侯麦？人生规划是什么？（未免关心太多了吧，在圣诞节出生就当自己是耶稣吗？）……并大谈台湾名导演和他们的作品。我根本没时间思考该在何时表演精神崩溃、掉头走人，所以竟然像是被他的臭味给熏昏了头，点了个油封鸭腿，并且把它吃完，还一边很有礼貌、乖乖地回答了他所有的提问，听他自我介绍地说电影教授是最适合他双重性格的职业云云。

"你不是个好奇的人，对吧？为什么都不问我问题？"圣诞节在将我的身世都调查清楚后这样问我。

"我是个对什么都充满好奇的人呀！（你上次洗澡是什么时候？为什么你没穿裤子？）你最喜欢侯麦的哪一部电影？"我迫不得已，只好这样问了我的第一个问题，也是最后一个。

"《冬天的故事 Cont d'hiver》。"他回答。

"这里好吵，我们离开吧。"我紧接着说。

等待账单付钱的时间很长（我竟然得平分那瓶我一口都没喝的红酒），所以圣诞节还有足够时间发表对电影的长篇大论，将李安归类到商业导演，把蔡明亮归类到作者导演，还说侯孝贤拍《千禧曼波》前很棒、之后就不行了。他说的话其实还可堪参考，可是我实在无法不注意别桌不时投来的眼光，心里暗暗觉得在我抵达之前一定发生过什么事。

终于在我们结完账起身走人时，谜底揭晓了——

1852年由拿破仑三世揭幕的"冬之马戏团"是难得的永久马戏团演出地。除了法国著名的马戏,偶尔也有音乐会、时装展示会等活动,节目丰富。每次经过,我都会幻想年轻的费里尼和年老的自己在里面。

冬之马戏团
Cirque d'Hiver

地址:110 rue Amelot, 75011 Paris
官网:www.cirquedhiver.com
地铁站:八号线Filles du Calvaire 站

Merci概念店

地址:111 boulevard Beaumarchais, 75003 Paris
官网:www.merci-merci.com
地铁站:八号线Saint Sébastien Froissart 站

Merci 是法文的"谢谢、感恩",它也是一家概念店的名字,是我最爱的店之一,在帕蒙提耶附近。它是一家百分之百的慈善店,员工和所有工艺家及其贩卖的物品和制作者都受到平等对待、没有被剥削。而其营收都用来捐给马达斯加的穷人。

圣诞节下半身"完全"没穿!

圣诞节站了起来,我看到他穿了一双长筒牛仔靴,在他破烂的臭T恤外面披了一件及膝皮外套,故意不扣的皮衣下,他的香肠铺是开张的,毫无遮掩,连内裤都没穿!我的妈呀!难怪我进来时女服务生一脸大便,我竟然跟这样的人同桌吃了饭!原来他的另外一重性格是公园变态暴露狂!

走下楼梯时我故意离圣诞节很远,假装要拿楼梯间放置的酷卡和免费杂志,全场的人都在看他,而他竟然站在门口等我!我拿了很久的免费杂志,几乎要站在那里把整本杂志翻完,圣诞节就站在门口遛着鸟,很有耐心地等我。

我不得已只好鼓起勇气走过去,所有人对我投以"原来这家伙是跟他一起的!"这样的眼神。我从来

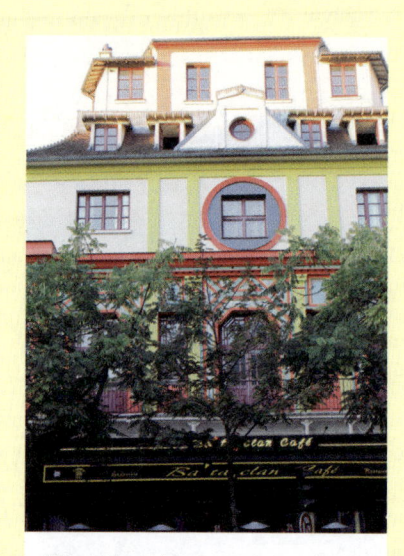

常有受年轻人欢迎的乐团演出,全巴黎人都是为了像这样的club 和bar来这一区,是帕蒙提耶区的特色。

Le Bataclan

地址:50 boulevard Voltaire, 75011 Paris
官网:www.bataclan.fr
地铁站:五号线、九号线Oberkampf 站

没有觉得如此丢脸，当下决定再也不要走近这一区。

然后，最恐怖的来了，圣诞节把脸凑过来要跟我吻别！

我很喜欢吻别这件事，觉得这样做真是可爱（根据研究显示，这样也比握手卫生，因为手上有更多细菌）。你记得我在台湾时偶尔会逼人跟我这么做，即使大家有着亚洲人的含蓄与害羞，也要他们跟我吱吱亲两下道别。但是，我不要在众目睽睽之下，跟穿着像公园里的变态狂的圣诞节吻别！

只怪自己是个过于有礼貌的亚洲人，我最后还是屏住呼吸在圣诞节扎人的脸颊上啄了两下，当时我根本不敢朝咖啡厅里看，不过以我当演员的丰富谢幕经验，我确定他们全都盯着我瞧！

"à la prochaine!（下次见！）"圣诞节说。

"à dieu!（上帝那里见！）"我终于说出真心话，转身就跑，迫不及待要回家洗脸。

经过这次事件，我想我有必要为了我在某些时候的奇装异服向你道歉。可能你跟我走在一起的时候也曾经为此羞得无地自容。还记得来法国前我们去蒋勋老师家吃饭的那一次，我穿着长毛地毯做成的裤子、兔毛背心，戴牛仔帽，背着鲜艳的绿色充气包包搭捷运，你当时是不是羞愧得想跳轨？

几天之后，圣诞节打电话来问我："你相信我下面会没穿吗？"

我回答："我不相信。但是我看到了！"

从此我们再也没有联络过。

我对你提起这件事，是想告诉你巴黎真的有很多怪人，所以巴黎人见怪不怪。不过这些怪人，或许还是别亲身遇上的好。

亲爱的，答应我，不要把这件事告诉我爸妈！

巴黎症候群

南特街二之一号

第十九章

2 BIS
RUE DE NANTES

当然啦！只能说你认识的法国女生太少了，这真的没什么好大惊小怪的。

亲爱的:

我终于租到一间公寓了。租期三个月，房租一次付清。

巴布提斯的好朋友赛西儿决定要去爱尔兰为爱走天涯，对象是她三个月前在艺术桥上野餐时遇到的歌手；她当时被他弹奏的吉他和歌声所吸引，整个晚上听得如痴如醉，在知道他当晚可能得在桥下睡觉后，便邀请他回家住了一星期，三个月后更决定去爱尔兰找他。

"别太冲动，先以度假的心情去看看，如果行得通，再回来结束一切搬过去也不迟。"巴布提斯这样劝她。于是赛西儿决定将她的公寓短租给我三个月。我跟她都是冲动的白羊座，她说信得过我，而我急着找地方住，抱着骑驴找马的心态，看房当天就领钱付清了房租、拿到钥匙。

位于第十九区南特街的这间公寓虽然不大，不比任何我以前待过的免费住处，但它毕竟是我在巴黎一年多来第一个自己付费租下的公寓，对我而言有非凡的意义。

搬到赛西儿家的第一天，我被她房里的景象吓到了，这跟我第一次看房子的时候完全不一样。地址和钥匙都没错，可是这一次我却来到了垃圾场！

赛西儿房间里像是刚刚被八个女流浪汉"squatter"过（擅自住进所占

据的空屋与空地），内裤内衣胸罩袜子裙子裤子吊在床上窗户上或散落在地上，我整个人被吓傻了！

"赛西儿的另一个身份是放浪不羁的女同志吗？还是在我来之前曾有女同志团体在她的公寓里度过了一个猥亵的周末？"我赶紧打电话给巴布提斯这样问他，因为我不敢相信自己的眼睛，而且也没看到任何属于男性停留过的痕迹。我要求他马上过来看看，至少能为我作证，不是我故意去垃圾堆捡了大量女性衣物来破坏公寓的美观。

巴布提斯急忙赶来，看了我还未整理的公寓原貌之后说："这是正常的，很多女生都这样！"

赛西儿就像他认识的许多法国女人一样，总是把自己打扮得漂漂亮亮的出门，可是家里却乱得像垃圾堆。我之前来看房子那天，她为了让我愿意租下她的公寓，特别先整理了一番。现在既然我已经付清房租了，她就没有必要再花时间整理门面。"就像有些找寻一夜情的女人，在你和她上床前会尽最大的努力让你对她有好感，可是完事之后，她就不在乎你是否会看到她丑陋的一面，即使在你面前披头散发还放了个响屁也无所谓。"我承认我没遇过这样的女人，不过他的比喻我懂了。

"所以，我们在地铁、街上看到的美女家里有可能都像我们现在眼前这样乱吗？"我还是不敢置信地惊问。

"当然啦！只能说你认识的法国女生太少了，这真的没什么好大惊小怪的。她们花钱买衣服、喷香水为的只是要呈现完美的表象，你自己要进她们家里看到真实脏乱的一面，这是你自己的问题啊！"

我不知道法国人的口头禅"这不是我的问题"也可以用在这样的情况，不过就像巴布提斯讲的，我已经付清房租，没有反悔的余地了。我和他花了

维雷特水池附近越来越受巴黎年轻人和 BoBo 族喜爱。

自然科学博物馆位于维雷特公园内，值得参观。

　　三个小时才把我未来三个月即将住下的公寓整理到我愿意在里面睡觉的模样。大功告成之后，我跟着巴布提斯出去晃荡，他曾住过这条街，可以当我的导游。

　　其实南特街就位于我第一个语言学校附近，只隔了四条街的距离，但我从来没有往这个方向走过；而巴黎真的是一街一风景，即使在同一区，不

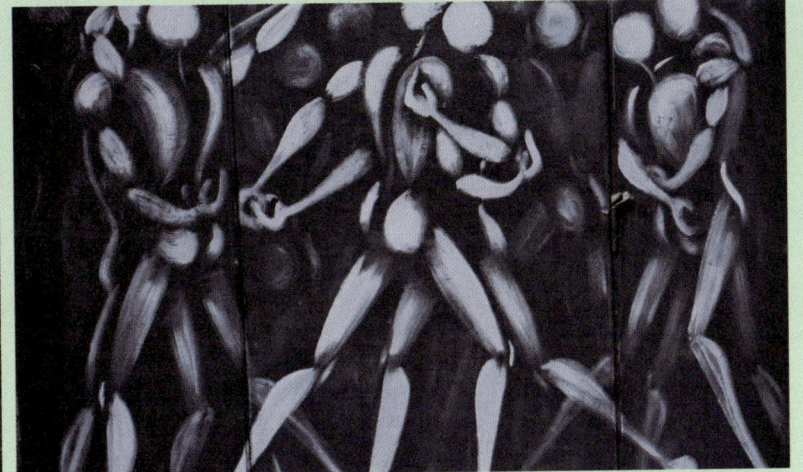

Jérôme Mesnager 被称为「白色人之父」,他的白色人作品常常出现在巴黎各区的墙上。

同的街道就有不同的风格和情调。

　　"我家"（我很高兴终于可以用这样的所有格称呼住处）的旁边就是"兀尔克运河Canal de l'Ourcq"。水的意象总让我向往,所以,对我而言,能在阳台上就看到运河已是极大的奢侈。我们决定沿着运河往远离巴黎市中心的方向走。

　　南特街跟兀尔克运河交接的转角有一家给"libertin"去的俱乐部。巴布提斯偷偷指着那家外表看来乌漆抹黑、入口处还有个西装笔挺、晚上戴墨镜的守门保镖的俱乐部,教了我这个法文单词,那是"放纵、放荡"的意思。这是一间专门给纵欲主义者享乐的俱乐部,常常有类似"换妻派对"等淫狎主题之夜。

　　"如果你有兴趣一探究竟,可以找个女生跟你一起进去。"巴布提斯这样建议,因为这里的入场收费标准是成双的伴侣最便宜,单身女子次之,单身汉最贵!

　　"你在想可以找谁一起进去玩玩吗?"巴布提斯看我若有所思,于是这样问。

　　"不。我在想昨晚是不是有这里的女客因为纵欲过度,忽然发现自己的女同志倾向，然后爬进赛西儿她家度过一个更淫荡放浪（只有女孩）之夜。"我说的是真心话。

"亲爱的，别想太多了！"巴布提斯的眼神告诉我，他终于相信我刚刚真的被"法国美女的真实居家生活"画面给吓到了。

我们继续沿着运河走，过了一座桥之后就是"维雷特公园Parc de la Vilette"。这是一个大型的综合公园，里面有一座科学博物馆、一座让人看航海电影会晕船的"晶球放映厅Géode"、一座"音乐城Cité de la Musique"，以及数间剧院和大片的绿地。

晚上沿着运河散步确实有另一种层次的感受，但是我迫不及待想"回家"独享终于有了家的感觉，于是跟巴布提斯说等哪天白天有空时，再来好好发现这个越来越受巴黎人喜爱的区域。

我回到家，为自己泡上一壶茶，放上莱昂纳德·科恩的音乐，坐在窗边望着兀尔克运河上映照的闪烁灯光，高兴得流下了眼泪。

在自己住处醒来后的第一天，我打电话给梅姐，告诉她我终于有了自己的"家"；虽然时间短暂，只有三个月，但是永恒是什么呢？和整个人类历史相比，即使我能活到八十岁，八十年也是短暂的啊。我要好好把握这三个月的时光，第一件事就是要她"到府服务"，来帮我剪头发。梅姐就是我曾跟你提过的那个大陆来的发姐，以前我都得长途跋涉到她几乎位于郊区的住处让她剪发，现在我终于可以在我自己的家中享受她的到府服务了。

梅姐连连为她上个星期无法帮我剪头发道歉，说是她的女儿来了，于是她破例休息了三天。梅姐这番话像是一个感人故事的开头，我要她继续讲下去。不过我得先跟你说说关于梅姐这个传奇女子的来龙去脉——

小梅在老家沈阳的时候原来就是经营发廊的，后来决定扩大营业，花了大钱将原本的发廊改装成有特别服务的桑拿；当一切准备就绪，开张前夕，SARS来了，政府于是不给开张。

"可小姐都已经请了，总得帮人家找个出路。"

幸好认识了个在南非的豪哥，有办法让那些小姐以结婚的名义去南非工作。陪同这些小姐到南非，将她们安顿好之后，小梅回中国的途中在巴黎转机，"莫名其妙地"随着一群中国观光客走出了机场，并且一起搭车来到了十三区的中国城，让她差点儿以为回到了中国。看到超市外墙上贴满了小广告"理发，到府服务，五欧元"，问清五欧元的币值之后，觉得这真是太好赚了，当下决定留下来赚钱，"理发咱也会啊！"

小梅就在一个好心大姐的帮助下，找到地方"搭铺"，开始了她在巴黎的理发师生涯。

当我向她抱怨巴黎生活费太贵时，梅姐以过来人的经验建议我："小林，叫人从内地帮你寄个假证件来，去美丽城找个律师帮你办个难民证，一个月能领到三百欧元的补助，可以领一年呢！"

梅姐领了一年的难民救济之后，之前帮她的那位大姐建议她去和人假结婚，好弄个正式合法的身份，不然老是躲躲藏藏，怕被警察临检后驱逐出境也不是办法。梅姐于是花了六千欧元嫁给一个自称有法国国籍的男人（天啊！要剪几颗头？），结了婚之后才发现那人根本就是个土耳其来的骗子，连自己都没有合法身份。吵吵闹闹办了离婚手续，拿回两千欧元，继续过着躲藏打黑工的日子。

"小林啊，如果有认识什么法国人愿意娶我，就帮我介绍一下吧。年纪大点无所谓，但是要确定有法国国籍，咱不能再离婚了，已经离过两次，别人会看笑话的。"原来梅姐在大陆离过一次婚，而且女儿已经上初中了。

梅姐的女儿以她妹妹的女儿的身份跟团到欧洲旅游，途经法国，在巴黎待三天。这是她唯一可以见到女儿的机会，距上一次在中国离别已经超过三年了。

大陆游客到欧洲的签证不好拿，不能让签证官知道女儿在欧洲有亲人，因为怕她有人接应而留下来，而且整趟旅行当中都不能脱队，必须一直跟着团，于是梅姐只能在罗浮宫和艾菲尔铁塔等观光胜地远远地看她。母女已经多年没见到面，见了面却不能相认，只有在老佛爷百货公司里全旅行团的人等着办退税的时候，梅姐才能在厕所里抱女儿一下，塞些钱给她。

我听到这里都快哭了。

我问梅姐将来的打算，她说要攒更多的钱，送女儿到美国读书，期待女儿有出人头地的一天，这样她的辛苦就值得了。我终于忍不住流下泪，因为想到我爸为了让我能在纽约念完书所付出的辛苦。

剪完头发我想多给些钱让梅姐当小费，毕竟这次她可是老远到我家来服务。梅姐拒绝了。"说好了五欧元就是五欧元，别破坏了行情。大家生活都一样辛苦。"

亲爱的，如果将来有机会，我一定要把梅姐的故事拍成电影，因为她的故事正是很多外来移民的写照。

当然还有小陈的故事也是。我在住家附近遇到他时，恰好是他到法国两年后第二次放假，第一次放一天假是因为他结婚，这回是因为他工作的成衣工厂有太多跳蚤，为了请专家来除蚤而关门两天。小陈是村子里的亲戚朋友凑钱帮他付了人蛇费用偷渡出来的，从大陆到巴黎的这段路花了他九个月的时间，其中三个月躲在柬埔寨，两个月躲在摩洛哥。问他摩洛哥长什么样他说不知道，因为整整两个月都躲在地下室，只能偶尔到院子里呼吸一下外面的空气，但也不能在院子里待太久，怕被人发现地下室里躲着一堆挤着睡觉、不见天日的中国人。小陈辗转到了巴黎之后立刻被安排去成衣工厂学裁缝，接着开始工作，赚的钱都寄回去还债了，巴黎长什么样也不知道，顶多就知道住处附近有中国餐馆的那条街。

梅姐和小陈都不会说法文，他们都觉得在巴黎赚钱比大陆老家容易。梅姐为了女儿的前途，会想尽办法继续留在欧洲工作，把赚的钱都寄回家。小陈赚的钱也都寄回去，但是他说很想在还完亲戚朋友借给他付人蛇的钱之后主动去投案，等着遣送回国，（哪怕因为这样坐牢一阵子。这样以后可以过着不用躲躲藏藏、自由的日子，穷一点也没关系。）

我曾经跟丹尼尔提过梅姐和小陈，他说很多非法移民的生活就是这么悲惨，这样的例子很多。可是我并不是因为生活太苦而来到法国的，他搞不懂为什么我会放弃台湾的舒适生活来巴黎受罪。

"因为台湾的生活太舒适了，让我变得懒惰。我是个生活中需要有挑战的人，否则会觉得生活没有意义。"我这样告诉他，但他说无法想象我的脑子里在想什么。

亲爱的，或许只有你能懂我吧。或许也因为这样，你最终放弃了跟我一起到巴黎的念头，你和大部分人一样，更喜欢安逸的生活。

不过，我没有时间去想自己是否后悔。因为，亲爱的，我现在有自己的房子住了，一场新生活铺展在眼前，正等着我去体会与享受！

巴黎症候群

从鹌鹑丘到蒙马特丘

第二十章

DE LA BUTTE AUX CAILLES À LA BUTTE MONTMARTE

"……因为你是diable",
这个词到底是什么意思?

亲爱的：

来到巴黎一年多了，最常被问到的问题是："为什么选择来巴黎？"

对这个问题，其实我没有标准答案，倒是很惊讶会问这个问题的通常是巴黎人。奇怪，他们不是以身为巴黎人而骄傲，觉得巴黎什么都好、是全世界最棒的城市吗？如果巴黎真的那么好，我会想来巴黎也是正常的啊，有什么好大惊小怪？如果有个法国人忽然想去大寮定居，我们全村的人才应该不断逼问他"为什么选择来高雄大寮"吧。

不过，在巴黎这么久，而且太常被这样问到，所以我准备了一些答案，虽然连我自己都怀疑这些回答的真实性，不过有答案总比没有好，尤其是遇到无聊的人问起时，我就会说："我是来玩的，现在要去尽观光客的义务了，上帝那里见！""我来寻找爱情！"这也是我常会给的回答，或许也比较接近真实。至少听到这样的答案的人都觉得为了这个理由来巴黎是合理的，尽管他们心里可能想着："又是一个中了媒体毒的人！"

一年多过去了，我在路上看过无数个艺术家所写下的"Amour"，却没有真正遇到一个能够让我感受到爱情的人。

鹌鹑丘是巴黎市内少数保有"村庄"感觉的地方。

"当你的生活安定之后,爱情自然会来敲门。"艾力克这样安慰我,却再也没有问起,我是否找到了"保证人",可以租到房子过稳定的生活,他眼睁睁地看着我居无定所。

不过,我想他说的似乎颇有道理,所以,当我在赛西儿的公寓定居下来,有了自己的家之后,我以最快的速度让生活稳定,暂时不管只能在这里住三个月这件事;搞不好赛西儿最终会决定和她的流浪吉他歌手私奔,那么我就可以接收她的公寓了——请这样为我祈祷吧!

而M果然在这个时候出现,让我仿佛看到爱情的曙光。我当然是在网络上认识M的,因为我们都爱吃,在电子邮件通信里总是在讨论美食，而且很快就相约见面，地点当然是餐厅。

M选了一家位于鹌鹑丘的餐厅，坚持请我吃饭，我很想说其实也不用坚持啦，我从来不会对别人付费的饭局邀约说不，最后只是爽快地说好。

我对鹌鹑丘并不陌生，因为在C家短暂居住的几天里，那是我们喜欢的饭后散步路线。在几乎住遍巴黎各区之后，我甚至觉得这里是巴黎仍保有"村庄"感、还没被观光客踩躏过的最后一块净土。我内心为M的选择叫好，觉得这是个好的开始。

因为距约定的晚餐时间还早，我先去了第三区的小中国城买了个包子吃。这几乎已成为我受法国人邀请赴约吃饭时，行前一定会做的事，因为我还是无法融入当地的饮食习惯，而且应该永远不会融入。法国人的晚餐时间太晚，我总是在前菜还没端上来之前就几乎要饿昏了，而且餐厅提供的分量总是不够我吃，用餐时间又拖得很长；如果我不先吃个包子，恐怕整晚都会处于饥饿状态！

吃完包子之后，离约定的晚餐时间还早得很，于是我慢慢散步到市政厅站搭地铁，即使这样还是有足够的时间在晚餐前逛逛鹌鹑丘，回忆我和C在这里散步的美好时光。正当我心里打算着的时候，一个黑人走近我，很有礼貌地问好之后，拿着一个上面有人签名的表格给我看；我听不太懂他说什么，反正就是要我支持签名、呼吁大家重视非洲挨饿的孩童之类的。这种事我当然要第一个响应，别说签名了，要我捐个包子我也愿意，毕竟我自己是饿昏过的人，我懂得饥饿的苦。

我义无反顾地拿起笔签名，就在此时，我察觉到我的口袋里有东西在动，当下一个反射动作，我用手刀劈了口袋里的怪物，原来是那黑人的手！我的钱包原本已经到了他手中，但随即被我打落地上，我立刻捡了回来，而黑人也在这时咒骂着跑开。原来他是假好心真窃贼!

这一切发生得如此迅速,我回过神之后才意识到整件事的经过,想起我上次钱包不见的那天下午,也有个女孩手上拿着不知道什么的文件要我签名。当时我因为不知道那是什么东西而没有签名,可是她一定是在推我、怂恿我签名的时候以专业的手法扒走了我的钱包。

我越想越生气,决定取消去鹌鹑丘散步的行程,改去报警处理这个扒手事件。我先向地铁站里卖票的人反映,她以"这不是我的问题!"的表情,告诉我应该去找站里的保安人员。我找到的保安人员则告诉我应该到地面去报警,他们宁可躲在地下,什么也不想管,但至少他好心地告诉我离地铁站最近的警察局怎么走,接着说他们要下班了。

出地铁站的时候又看到了那个黑人!他正在请一个看起来像日本人的观光客签名。我承认我胆小,没有立刻去制止他对那名日本人下手偷窃的意图,而是直奔警察局,途中还看到另外两个黑人在做同样的事。惊魂未定的我好不容易解释清楚了我的来意(奇怪,心急之下我的法文变好了,警察听得懂我在说什么耶!),告诉警察那个黑人还在那里用同样的方法骗其他人。

"是哪个地铁站发生的事?"听到警察这样问,我以为他们就要出动大批人马去将那些窃贼逮捕到案,没想到在听到就是离我们最近的那个市政厅地铁站之后,他竟然告诉我那不是他们管辖的范围,我得去更远一点儿的警察局报案!

我简直不敢相信这样的说法,但也只能赶快冲去另一间警察局,把我刚刚说的话再说一次。因为已经演练过两次,这次在叙述事件经过的时候还颇有抑扬顿挫与戏剧性,心里还暗自为我的法文进步感到骄傲。

"那是我们的辖区没错。您有没有任何损失?"女警冷冷地问,表情像

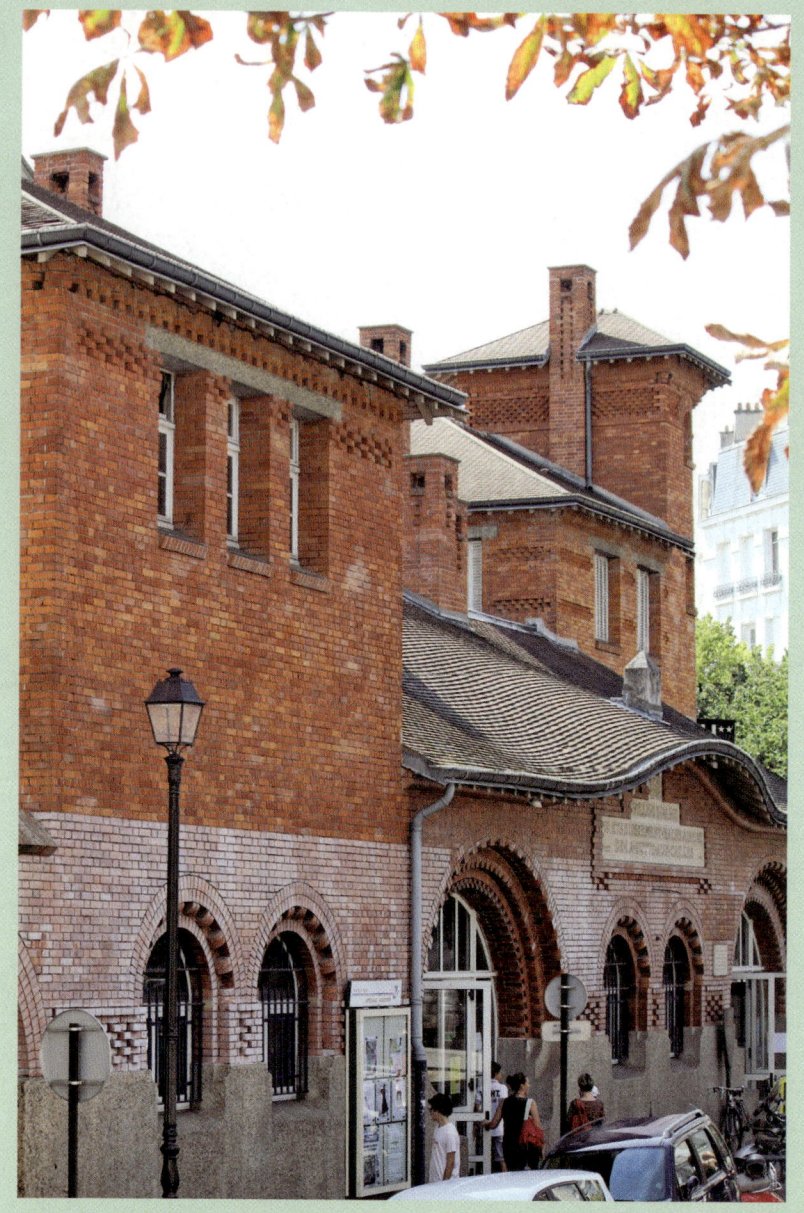

古色古香的鹌鹑丘泳池是我最爱的泳池，据说用的是附近知名的矿泉水。

鹌鹑丘市立泳池

Piscine Municipale de la Butte aux Cailles
地址：5 place Paul Verlaine, 75013 Paris
地铁站：六号线Corvisart 站

质量俱佳的餐厅，法、意式料理都很棒。

餐厅 保罗之家
Chez Paul

地址：22 rue de la Butte aux Cailles,
75013 Paris
地铁站：六号线Corvisart 站

鹌鹑丘上的蔬果店，让我想起《艾蜜莉的异想世界》。便宜又好吃的法国西南巴斯克料理餐厅。

是想回家。

"没有，我把歹徒已经到手的钱包打到地上，然后捡回来了。"我据实回答，不希望她会以为我将狮子大开口要求国家赔偿。

"对不起，那么我什么也不能做。"女警竟然这样告诉我！

"可是他们还在那里骗其他人！"我面露极大恐惧，希望能感动警察移驾去防止犯罪。

"您没有损失任何东西，那我们什么也不能做（而且我要下班回家了）！"这个没责任感的女警又重复了一次她的立场，而且边说边走开。

"那请问您，如果我有损失什么东西，您将如何处理？"我在气愤、失望的情绪交杂之下还是顾及了法文的礼貌语态。

"如果您的东西被偷了，我们会（像对待犯人那样）为您做笔录！"女警说完这句话之后我就看不见她走进门里的身影了。

我简直不敢相信这整件事，甚至想打自己耳光好确定自己不是在做梦。

"我丧失了对警察的信心！"我大声说，在没有人回应之后悻然离去。

我在鹌鹑丘游泳池前的小公园坐了一下，让心情回复平静，毕竟我有约会，不能让窃贼和警察的恶形恶状破坏了可能的浪漫晚餐。

果然，M选的餐厅质量俱佳，我们在烛光下共享美食，而且有说不完的与食物有关的话题。

"你吃狗吗？"M问。

"早就不吃了。"我的回答让邻桌的人差点喷出口中的意大利面。谁叫他要偷听我们说话！我们就在食物与关于食物的话题中结束了美好的晚餐，离去时仍然意犹未尽。

"谢谢今晚的餐点，我真的度过一段非常愉快的时光。我们什么时候再相见呢？"在回家的地铁上，我传了这样一则简讯给第一次见面就请我吃昂贵大餐的M。

"我很犹豫，因为你是diable。"我很快就收到了这样的回复。因为不懂"diable"这个词是什么意思，我不敢乱回复，决定回到家查了字典再回应。反正已经说谢谢了，不至于太失礼。

短短的十分钟内，M又传来了四通简讯——"？？你生气了吗？"
"对不起，我那样说并没有恶意。"
"我与你相处得也很愉快，只要你愿意，我们随时可以再见面。"
"你真的生气了吗？你不想再跟我见面了吗？我们可以去做任何你想做的事。求你回复我！"

这样不停地传来的简讯让我开始慌了，"diable"这个词到底是什么意思？我越过整个巴黎之后回到家，一冲进门就拿出字典来查。原来……

DIABLE：魔鬼、撒旦。

这大概是我这辈子得过的最好的恭维。我的心里邪恶地这么想，甚至不由自主地露出了胜利的微笑，从之后不停传来的简讯看来，我知道："这个人上钩了。"我开始慢慢地回复在另外一头苦受等待煎熬的M。

"Le diable peut te revoir, il a envie de s'installer dans un chateau enchanté.（撒旦可以再跟你见面，他想要去住住看受诅咒的城堡。）""没问题，我会尽快安排。"M马上传来令我满意的答复。

我认为一段关系能不能行得通，一定得经过旅行的考验。如果可以同去旅行，而且彼此都愉快，想再继续，那么一切才可能有谱。我听到太多恋人在一起旅行之后发现对方不适合而分手或渐行渐远终而不了了之的故事。为了不浪费太多时间，我决定赶快跟M一起去旅行，看是否真的能有爱情故事可以告诉你。

于是，一个月之后，我有了第一次的罗亚尔河城堡之旅。

罗亚尔河从法国南部流经中部，最后从西边入海，靠近巴黎的河段沿途风光明媚，很多先前的王公贵族在此建了城堡，这是我一直想造访的地方。

我和M开车参观了几座城堡，其中包括我最喜欢的"雪浓梭堡Chateau de Chenonceau"。M还特地在一座贵族的城堡里订了一间房，我们于是有了住在城堡里的经验。
这是一次美好的旅行。
然而，也许是因为我们两个人个性太像了，真的比较适合当普通朋友。

结果，在我的罗亚尔河之旅回来后，赛西儿也决定将她的流浪艺人情人归类为"混账东西"而回到巴黎。当她向我要回公寓时，我和M决定要有比普通朋友还多一点的关系，便一起在蒙马特山丘下租了一个公寓，当起了室友。

亲爱的，我知道你对蒙马特的想望比对罗亚尔河更多，你一定羡慕我能有机会住到蒙马特，但这一切与什么浪漫的爱情完全无关，归根究底只是因为我是贪吃鬼的缘故啊！

巴黎症候群

马卡迭街六十七号

第二十一章

67
RUE MARCADET

在我花了很多时间和心思布置之后，这里终于让我有了"家"的感觉。

亲爱的：

请不要尖叫，我确实已经住到蒙马特来了。

我的确很喜欢蒙马特，也来过很多次，觉得圣心堂很壮观。但是我已经不觉得我搬到蒙马特来住有什么值得你尖叫的了，即使我仍然记得出国前在机场遇到的梦幻少女听说我要搬到巴黎时发出的惊叹："喔，巴黎，好浪漫啊！"不过我知道你还是会尖叫："天啊！艾蜜莉的蒙马特！邱妙津的蒙马特！艺术家的蒙马特！"我记得以前每次我们一起看完《艾蜜莉的异想世界》（又名《天使爱美丽》）之后，都会许下住在巴黎蒙马特的心愿。你是不是在我出国后，又看了很多次那部电影？是不是还常常听着杨·提尔森的音乐，想象自己正在艾蜜莉咖啡厅啜饮咖啡或在圣心堂前的台阶上看巴黎夜景？

自从来到巴黎之后，搬家这件事对我而言，就像走在路上一时兴起买了一件廉价新衣一样，一点儿都不稀奇，有时候我甚至懒得跟你提起；倒是久久才见一次面的朋友，每次见面时总会问我："你现在住在哪里？"

官方上说来，我一直住在巴黎十三区的C家里，直到去年申请续居留时才搬到十九区一个台湾人家里，但是基本上我没住在那两个地方，这只是为了官方文件的需要，必须要有一个住址（总不能在签证的地址栏填上"SDF——在路上"），只好在朋友的好心帮忙下借用他们的住址落户。我的官方文件至今还寄到十三区的C家，大部分的家当也仍放在那儿的地窖里。十九区的地址出现在我几经羞辱后好不容易拿到的新签证上，然而我除了帮朋友保管备份钥匙之外，没有属于我的任何东西放在那里。

在赛西儿家安稳地住了三个月之后，爱情幻灭的她向我要回了她的公寓。幸好M愿意把刚刚租到、在蒙马特山丘下的"pied-à-terre 落脚处"分租给我，我才又一次免于流落街头的命运。M其实住在别的城市，一个星期只来巴黎一两天，为的是想接触这城市的文化活动以及和朋友约会，大部分时间我可以独享这个还不算小的一房一厅的空间。在我花了很多时间和心思布置之后，这里终于让我有了"家"的感觉。

我的新家就在蒙马特山丘北边的山脚下，一条名叫马卡迭的长街上，离地铁站大概只有二百公尺，靠近非洲集市和全欧洲最大的旧货市场兼跳蚤集市。这里的居民人种复杂，黑人、摩洛哥人、阿拉伯人、印度人的比例很高。印度人爱做生意，他们开的小杂货店都营业到很晚；住在这里的人很多属于中下阶层，通常得做法国人不愿意做的工作，直到深夜，所以这里大部分卖中东三明治和沙威玛的快餐店，以及北非的小米库斯库斯的小餐厅也都因此营业到凌晨。虽然我为了省钱，从来没有在这些餐厅用过餐，也没有在比大超市稍微贵的小杂货店里买过东西，但时常晚归的我，回家路上看到这些店都还亮着灯，总能感到一分温馨与安全感。

从我家往南就是登上蒙马特山丘的街道和阶梯，我喜欢从住处漫步到圣心堂，一路上会经过许多别有特色的小店和艺术家的工作室。因为很多艺术家住在这里，所以整个区域充满了自由的气氛，在漫步的过程中常会有许多极具创意的惊喜，比如一个住在登山阶梯旁的流浪汉，不但用绿色植物布满了他占据的公共空间，还欣喜地向我展示他设计的灯饰魔幻秀。

在蒙马特漫步常能让我觉得得到某种收获，怀着愉快的心情回家。但是，也就仅只这样了。

我住在法国公寓的第六楼，就是我们说的七楼；公寓里没有电梯，常常

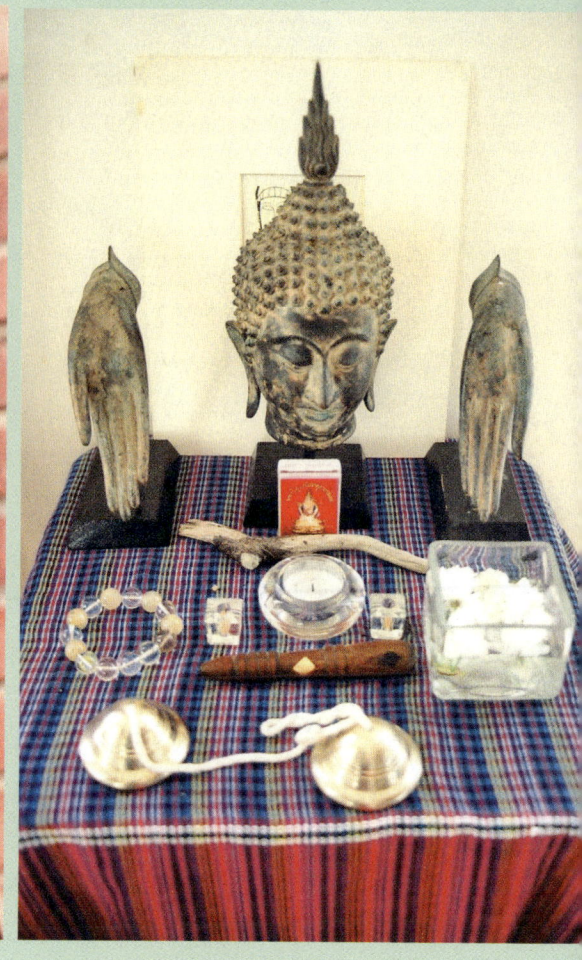

得在登楼的半途稍作休息，我喜欢在四楼和五楼交界的楼梯间稍稍喘口气，因为从窗户望出去能看到美丽的白色圣心堂，这个景色让我心旷神怡，可以继续努力往家里爬上去。

这个家包括了几个部分：

Salon客厅——

入门后的左边拱形门外是我的客厅兼工作室，因为空间不大，所以东西大部分是折叠式的。皮沙发拉开来可以是一张床，M来的时候我就睡在那里；长桌上摆着异国情调的茶壶等器皿，摊开来可以让六个人共餐；中药柜里放着我囤积的食物和餐具、工作用的精油和唱片、超过二十种茶，以及文具和小杂物；佛头和佛手雕塑试图让客人感到禅意；金色和红色搭配的油画是我从楼下的垃圾桶旁捡来的，唯一一张非折叠椅是在十三区路上捡到的；木头地板充满温馨感，铺上薄床垫就可以帮客人按摩。

Salle de Bains浴室——

狭小到几乎没有让人转身的余地，胖一点儿或块头大的人可能要叫苦连天；即使纤细如柴的我都会觉得绑手缚脚，撞到手脚敲到头是家常便饭。这里的电动马桶常让我想起初抵巴黎时遇到的马桶噩梦，每次启动都会让我不由自主地紧张片刻，直到水被冲吸进去为止。

Salle de Cuisine厨房——

我在这里花了很多的时间，它是我的小世界，别人无法侵入，因为它实在太小了，根本容不下另一个想帮忙的人，不过我靠着它还是可以煮出不错的料理，至少它提供了足以让我可以存活下去的重要功能。两个电炉很难控制火候，没办法快炒，卤东西倒是可以，而且我已经习惯这样的煮法，知道煮完东西那炉还是烫的，不能把手放上去。架子上放满了我的秘密香料，

我房间里的一个小角落，它总是能安抚我的内心。

可以煮出中国、印度、法国、泰国、意大利以及中西合并料理。墙上贴的是一七五一年六月二十三日某宫廷斋日后的半夜餐菜单，读着都要让人流口水，也是我对自己的厨艺的期许。

Chambre卧室——

因为房间太小，摆不下床，只能把床垫放在两块从日本买来的榻榻米上，放上从台湾带过来的枕头，睡得还算香甜；组合式衣柜根本放不下我所有的衣服，所以我还是每隔一阵子就得到十三区的C家地窖去"换季"。床头柜其实只是跟超市要来的纸箱，包上台湾带来的印花布之后看起来还颇高级，台灯是巴布提斯送的，算是我帮他搬家的酬劳。窗户望出去就是洁白的圣心堂，在寒冷的冬天里我把窗缝用胶带封死了，以免冷风渗吹进来。

Vis-à-vis——

巴黎由于街道窄小，而且家家户户不但没装铁窗，还都装上了大片透明窗玻璃，以至于我们可以在窗帘没拉上的情况下清楚看到对面邻居的家里，这就是所谓的"vis-à-vis"。客厅这边的窗，正对着我的是一个年轻男子，我看到的永远都是他穿内裤的样子，窗帘开着的时候，他所做的事是吃饭、看电视、上网、看书。年轻男子的旁边刚刚搬来一家人，已经整修好一阵子了，最近在晚上拉下窗帘，大概终于入住了吧。他们的楼下住着另一个年轻男子，自从有一次我打开窗户的动作吓到正在全裸自娱的他之后，他只要一回家就会把窗帘拉上；而他的隔壁住着一对年轻夫妇，周末常常邀请朋友来晚餐喝酒聊天到深夜，看起来是一对好客而且人缘很好的夫妻；住在他们隔壁的妈妈常常出来晾衣服，好像永远有做不完的家事。

我的卧房的vis-à-vis则因为隔着一个中庭，所以难看到对面邻居的动静。倒是上回朋友来拜访的时候，看到了让他尴尬的男女沙发交欢画面。经过我日后观察，确定当天的女主角其实并不是屋子的女主人，因为每天出现在客厅做家事的人并不是她，而且那一天之后那女子再也没有出现过。他们的楼上最近也刚搬来一个长发年轻男子，看起来像个艺术家。

Vis-à-vis很有意思，虽然我不会故意探看别人的隐私，但在狭小的空间中住着，无意间可以看到别人家里发生的事，也算为我的巴黎生活带来了不少乐趣。

这就是我的"家"。

会这样详细地向你介绍的原因只是想告诉你，它就只是一个平凡的家，一个可以让我免于餐风宿露的地方，除了昂贵的房租之外，并不会因为它位于巴黎蒙马特而有什么不同。

今天是M到巴黎来的日子，我正好也需要人手帮忙，因为在我意识到该把窗户用胶带封死之前，我已经被从窗户缝隙渗进来的寒风吹得喉咙发炎，疼痛不已。因为不想再去看医生，我请M帮我到药房买些成药。到药房是很多法国人最喜欢的休闲活动，从每个巴黎街角都有好几家闪着绿十字标志的药房就可窥知，而且法国人很厉害，似乎总知道生什么病该吃什么药。

M帮我买了一盒据说专治喉咙发炎肿痛的特效药，她出门看电影之前以一种玩笑似的眼神告诉我得将那个叫作"suppositoire"的药塞进肛门去。你知道我很相信人，即使心里怀疑这是玩笑话，却还是把字典拿出来查了一下。字典说那个词是"栓剂"，对我而言等于没有翻译。幸好药盒上画了个人头侧像，喉咙的位置刚好卡了那"栓剂"，我就知道M是在骗我！

为了让那个栓剂卡在喉咙达到更大的治疗效果，我把那个大如子弹的药剂不喝水直接送入口中。那东西尝起来不但味道像肥皂，还有一种黏黏滑滑的质感；我想这样的设计就是要让人在吞服时不必喝水，而是像冰雪聪明的我那样直接吞食，让它在喉咙处卡上一段时间，才让自然分泌的口水将它滑到肚子里。

M看完电影回来，我抱怨那栓剂真难吃。

"什么！你把它从嘴巴里吃了？"

"当然啊，难道我是从肛门'吃'了吗？"

"它的确是得从肛门里塞进去啊！"M怕我不相信，还把药盒内的服用说明拿给我，让我自己慢慢查字典。

我想，只有法国人才会发明这种从肛门塞进去治喉咙痛，而且还画个人

巴黎的公寓常有"Vis-à-Vis"，可以看到邻居在家里的一举一动，每扇窗户后都是一种风景、一个故事。

头在药盒上让人混淆的药吧！我忽然很想吐。

无论如何，我的喉咙的确好一点儿了，我决定出去散散步。

在圣心堂前的阶梯上，一个黑人要我伸出手指，这是我早就知道的骗钱伎俩，他们很客气地用你的母语向你问好，接着在你的手指绕上彩色的棉线，说是能为你带来好运，然后要你付钱，因为那是他辛苦完成的"艺术品"。你如果不给钱，旁边所有黑人同伴都会围上来逼你就范。通常观光客会花钱消灾，而我可是蒙马特的居民耶！

一开始我还很有礼貌地说不，他竟然还纠缠不已，我只好伸出中指说了把栓剂放进肛门的动词"enculer!"，让他知道不是所有的亚洲人都是好惹的。在他的咒骂声中，我离开。想着刚才的举动，我问自己："难道我已经

蒙马特丘住了不少艺术家，常常有人在街上表演，路人也闻乐起舞。

成为巴黎人了吗？"

　　亲爱的，我今天还是没找到艾蜜莉咖啡厅，尽管我知道只要跟着观光客走，一定可以找到它，不过我没有这么做，一方面我还是希望有一天你能来巴黎找我，然后我们一起去，另一方面，艾蜜莉在哪家咖啡厅工作对我已经不重要了，她只存在于电影里，而电影并不会告诉你法国人会把治喉咙痛的药塞到肛门去！

巴黎症候群

植物园区

第二十二章

JARDIN
DES PLANTES

就这样,我成了巴黎第三大学体育系的学生。

亲爱的：

　　经过近三个月的旅行，我终于又到了该为法国居留证伤脑筋的时候了。持学生签证的我必须维持学生身份，而且得每年换证，然而过去这一年所上的两所廉价语言学校(店)都已相继倒闭，我能提供的学习证明可能已不具效力；法国移民局大概也不会让我继续以语言学校学生的身份续办居留了——学了两年语言也该够了吧！尽管我的法文由于学习怠惰，以及长期旅行乏于使用而仍然破烂不堪，但为了要拿到签证，我还是决定硬着头皮去试着申请正式大学的专业课程。

　　"请问国际艺术行政管理研究所还接受申请吗？"那是我原本很有兴趣的课程。

　　巴黎第三大学的大众传播学院办公室内的职员被我这么一问，吓得瞪大眼睛，久久说不出话来，法国人对于听不懂的话都以"你对我说了中文"来回应。

　　"申请期已经过了，先生。四个月以前！"待终于回过神来了解我的真正问题后，她很无情地回答我。倒是旁边另一个男职员好心地建议我明年四月再来申请！

　　显然，在开学日这一天还想申请学校似乎有点太晚了；我这次没有像多年前在纽约那么顺利，那回我跟教务处的人稍微谈过后，他们只问我有没有带支票或信用卡，要我赶快去注册，因为已经开学两天了；而我当天晚上就

让人惊叹的非洲动物大游行。

大清真寺内北非情调的咖啡座。

植物园区　　　　　　　　　　　　　　　　　　　　　　　　　　巴黎症候群

或许以后马戏团会是我归宿！画中那个心不甘情不愿的就是我

我在体育系上杂技课，简直要我的命！

开始上课，两年后学校还给了我一个硕士学位。

终于，在一位好友的指示下，我知道还有一个课程可以试试，它不但仍接受申请，我还只需具备学习动机跟大学文凭。

于是在艾力克的协助下，一封动机"非常强烈"的信完成了，我还花了很多钱将毕业证书翻译成法文。但因为是外国学生身份，我被要求参加该系特别安排的法文能力检测。

几天后，我紧张地去应考，考题简单，但我还是不会写！

考完后我沮丧万分，心想下一步可能就是打包行李搬去别的国家或回台湾乡下老家。然而，我还是决定做最后努力，在一个法文很好的台湾朋友的协助下，写了一封电子信给该系负责人。

"夫人，谢谢您抽空考虑我的入学申请。今早法文考试之后我仓皇不已，因为我没有足够的时间表达自己（其实再多给我一个小时大概也没办法）……我深知法文能力对于贵系的课程学习很重要，这也是我这两年来不断努力学习法文的原因（我昧着良心这样说），我已经具备很好的听说读的能力（才怪），并会继续加强我的书写能力。我真的对贵系的课程怀有万般激情，并已备妥完好的学习计划，且将会排除万难地达成……祈求您好心

地重新考虑我的申请……"我真切地希望能用这封又狗腿又苦苦哀求的信，打动慈祥和蔼的阿婶的心。

两个多小时之后，我接到了阿婶的电话。尽管法文考试不及格，我还是有条件地被录取了，不过我得在修专业课程的同时，继续念一年法文。

于是，就这样，我成了巴黎第三大学体育系的学生（我自己都想笑）！如果我决定继续念下去并且顺利的话，在两三年之后（或最多六年，这比较有可能是我的case，如果我没有被累垮的话），我将具有体育老师的证书与资格。我自己都不敢想象那会是什么德性！

其实我对即将就读的科系所知有限，即使我信里动机真的很强烈，只差没把"运动是我生命中所有的激情"这样的句子写出来。对于以前的体育课，我通常不是找借口请病假，就是选修一些最轻松的；大学四年内，曾经修过土风舞、韵律舞、健行，以及在骑摩托车自己跌倒摔断锁骨之后，上了一年为残障人士设计的"自强班"，内容包括推轮椅、和视障的同学打羽毛球以及包水饺；然后是毕业前所修的直排轮，虽然没什么好说嘴的，但那已经是我修过最激烈的体育课了，我还曾经因为滑直排轮摔伤尾椎而一个月无法上课。

不过从巴黎第三大学体育系的选修单上大致看来，我可以修习的课程还真不少，在查过字典之后，我挑出了几个精彩的跟你分享，也好让你想象一下我之后的"学海无涯"——

1. Acrobatie杂技　大概就是跳火圈、倒骑单轮脚踏车、遮眼射飞镖、跟同学叠罗汉、吞剑之类的。

2. Aikido合气道　要和同学摔来摔去吗？

3. Badminton羽毛球　这可是越南人的国民运动啊！我在越南旅行时，每天傍晚都在公园里和无车的街道上看到有人在打；而且这个运动我已经会了，就是在大学的"自强班"从我的视障同学那儿学来的。

4. Boxe Francaise法式拳击 以下是学生手册里的备注："请自备protége dents（护齿）和coquille（蛋壳，就是保护蛋蛋的护裆啦）。"我的天啊！这会不会太残忍了？我的牙齿可能不保了，不用等到牙周病末期。而且我的蛋……我不敢想了；我爹娘和盼望我为林家传宗接代的所有亲戚可能会集体中风！

5. Escalade攀岩 这听起来还蛮性感的，席维斯·史泰龙还拍过一部攀岩电影呢！虽然我的身材跟他差很多，很可能被风吹得去撞山壁！

6. Expression Clown小丑 这是干啥呀？难道要叫我学习如何逗让我过敏的小孩开心？

7. Gymnastique Douce体操 单杠、双环、鞍马、单手伏地挺身之类，应该也蛮性感的。

8. Hatha Yoga瑜伽 终于有一个比较像是我会从事的运动了，谢天谢地！

9. Jonglerie杂耍 就是我们在欧洲常看到的街头表演——抛丢接球或瓶子、用头去接抛丢物、吞火之类的。

10. Judo柔道 更多和强壮的同学在地上滚来滚去的机会吗？好色情喔！

11. Musculation肌肉锻炼 这……应该就是举重训练。我将会跟阿诺一样吗？我要穿什么衣服去上课呢？老师和同学会不会觉得我跑错教室了？

12. Natation游泳 第二个我会乐意修的课，只希望别被要求游蝶式。或许我可以专攻水上芭蕾，我也可以举臂一呼，跟帅同学组一个"水男孩"偶像团体！

13. V.T.T.越野脚踏车 上课地点在枫丹白露森林，该不会要我下课后

植物园春天里繁花盛开，"美得让人想死！"我的日本朋友这样说。

骑脚踏车回五十公里外的巴黎吧？

14. Volley Ball排球 我最近一次从事这项运动已经是整整十八年前了；我高中的时候，同学们最怕被分到跟我同一组！

15. Rugby橄榄球 别说是下去打球了，我应该连当个球迷都会笑掉人家的大牙吧！那些每天在街上看到的喝醉酒、鲁莽的橄榄球支持者每个都很粗壮，我怎么看都不像是跟他们一伙的。如果真下去打球，大概会被壮汉们压在地上动弹不得，然后被抬去急诊处，徒留地上一个跟我等形的排骨窟窿。我想我还是直接去书店买法国橄榄球队每年出的裸体写真月历，一边看一边幻想自己下辈子身材也能那样就好了。

还有少数类似舞蹈、肢体开发、接触即兴、太极、声音与动作等有趣的课（幸好没有丢铅球、掷铁饼什么的），不过我可能在修其他课的时候，就已经笑到不行或被送进医院了，又或者搞不好不久之后他们会发现我根本不是什么小丑、杂技表演者的料，更别说什么拳击和功夫，而强迫我中途自动退学！至少，你现在可以开始想象我以后每天肌肉酸疼、躺在床上哀号的漫漫岁月了。

亲爱的，为我祈祷吧，期待将来再看到我的时候，会忘了我之前所有跟"瘦皮猴"有关的绰号，直接改叫我"肌肉男"！

因为成了巴黎第三大学体育系的学生，我很顺利地拿到了续居留权。签证处只问了一个很简单的问题："确定那上面写的是你的名字吗？"因为事前担心会被用法文问一些很难的怪问题，我紧张得差点忘了那个用罗马拼音拼出来的Lin, Hung-Ling其实是我正式的身份名称，恍惚了几秒钟才回应"是的"。

于是我拿到了下一年在法国的合法居留权，但心中竟没有预期的兴奋。

昨天是上课的第一天，我前一天晚上因为太紧张而睡不着。不想待在家里穷担心，所以决定上课前提早到学校附近逛逛。

巴黎第三大学位于第五区，就在植物园旁边。这里本来就是我很喜欢的区，几乎每个季节都会到植物园赏花，看不同的植物，学习它们的名称。

自然史博物馆
Muséum national d'histoire naturelle

地址：36 rue Geoffroy Saint Hilaire, 75005 Paris
官网：www.mnhn.fr
地铁站：五号线、十号线Gare d'Austerlitz 站

植物园里还有几个很有趣的博物馆，"自然史博物馆 Muséum national d'histoire naturelle"里有非常壮观的动物标本，一个有让人惊叹的非洲动物大游行标本的"进化展览馆Grande galerie de l'évolution"，"矿物与地质学博物馆 Galerie de minéralogie et de géologie"，还有一个很老的"动物园La ménagerie"，不过因为小孩太多了，我没进去过。在植物园里巨大温室旁的山丘上有几株很老很老而且能量巨大的雪松。我把双手放在雪松树干上感受老树内部的流动，果真可以感受到暖流，希望能为等一下的健身课获取足够的能量。

植物园后门矗立着巴黎的"大清真寺La Grande Mosquée de Paris"，这里很有异国情调，我喜欢偶尔进来喝薄荷茶，让人以为到了摩洛哥。除了喝茶吃甜点吃摩洛哥料理之外，我最喜欢的是这里的"hammam"，那是传统的土耳其蒸汽浴室。大蒸汽浴室中间有一张巨大的大理石床，躺在上面马上就能全身舒畅，还可以花钱请人按摩，不过因为看到别人被按的时候更像是惨遭凌虐，我不敢尝试。我想，成为体育系学生的我将会是这里的常客。

我继续走到"古罗马竞技场Les arènes de Lutèce"，这个建于公元一世纪的古建筑因为躲在巷子里，而给人一种难得的平静、悠思辽阔感。等一下和我一起上课的同学会不会都像古罗马战士一样壮？

出了古竞技场，很快地我走到了"穆浮塔街rue Mouffetard"，这条街是许多巴黎人的最爱，因为它仍保有村庄的感觉。街上的餐厅、咖啡厅都很有特色，但我没有停步吃任何东西，这次不是为了省钱，而是怕待会儿上体育课会吐出来。

穆浮塔街走到底左转，不远就是巴黎第三大学的校区。

当我出现在健身教室时，同学们疑惑的眼光从未间断，道"Bonjour"的时候听起来更像是在问："你来干吗？"原来我穿的紧身T恤和短裤把我的排骨形状和鸟仔脚都给露出来了。

同学们个个都拥有结实健美的身材，大家的衣服都很紧，根本不是来上课而是来展现身材的。有不少天生体格就很好的黑人，其中一个手臂大概跟我的大腿一样粗！我大概苦练十年也无法达到他们现在的样子。

虽然我自认颇聪明，但面对那些冷冰冰的健身器材就是一筹莫展，常常要问同学怎么玩。

我排在一个大只佬后面，看着他轻轻松松地拉着举重器材，我开始遥想自己哪一天也能成为人见人欲的健美男，路人都要对我投以爱慕的眼光，也不必再去童装部买衣服……如果能这样，要我把所有衣服丢掉或送给朋友的小孩、重新买过我也愿意！

我欣然接着他之后坐上了那个机器，却使尽力气还是拉不动。

"对不起，这机器好像坏了！"我对刚刚那个大只佬说。

他没回答我，直接把二十五公斤的铁块换成五公斤的。

"现在应该可以了！"没等我说谢谢，也没看我一眼，他就走了。现在的年轻人越来越没礼貌。

下一个器材又是举重，我这回不想自取其辱，选择排在一个女生后面。

大清真寺
La Grande Mosquée de Paris

地址：2 bis place du Puits de l'Ermite, 75005 Paris
官网：www.mosquee-de-paris.org
地铁站：七号线Place Monge 站

212

看她很轻松地举着五公斤的铁块，我想我也办得到，没想到一举竟然还是觉得重，我咬牙歪嘴扭脸地推举着，排在我后面的女生对我投以鼓励的眼光，她可爱多了；但我万万没想到她接过我的位置之后马上把铁块换成十公斤，接着轻轻松松地举了十五下。这是什么世界呀？

我在偷偷休息的时候，仔细观察了一下我的同学们，其中有一个阿嬷，她真是可爱极了！会这么说，并不只是因为她的年纪比我大，让我不至于成为全班最老的学生，还因为她随时提着一个小皮包（就像英国女王一样），运动时就把小皮包挂在机器上。我好想知道她在里面放了什么！

比较特别的还有三个女生，我不知道她们真正的长相，因为这三个伊斯兰妇女包着头巾；她们是唯一会在我之后把机器上的重量往下降码的人，其他人都只会往上加码，让我很没面子！

在老师还没发现我偷懒之前，我接着又做了更多的重量训练和腹肌训练，简直都快虚脱了，却还得在所有人面前表演若无其事的样子，为的还不就是不要让"东亚病夫"这个名词重新出现；你能不说我这是用心良苦吗？

终于在强忍着但还是小声哎哎叫的情况下，我结束了累人的健身课。

然后我觉得大脑感到强烈的饥饿，我才不要成为一个四肢发达、头脑简单的肌肉男！（虽然我应该也成为不了。）于是，我马上跑进一家位于第五区的艺术电影院，看我们都喜爱的导演侯麦的老电影，最后竟然因为体力透支而昏睡八次！好惨。

晚上，就在体力不支而倒头昏睡之后，我做了一个美梦。在梦里我和班上的健美肌肉同学们共处一室淋浴，看到他们光溜溜的身体，我欣喜万分——不是咸湿的限制级情节，而是我终于逮到了报复的机会。

"哟，我还以为你们什么都大呢！"我盯着他们的下体，冷冷地对他们这样狠狠地说。真爽！

亲爱的，这就是我最近的生活了。

虽然因为开始上课而疲惫不已，而且日后几乎每天都要上体育课，我却还是觉得"如此是好"而喜悦于心；因为，我感觉到一个稳定的新生活就要在我眼前开始了，只要我活着，人生就是一种甜蜜。

巴黎症候群

第二十三章 圣丹尼街二三一号

232 RUE SAINT DENIS

很难相信自己能在这条恶名昭彰的街上住了那么久。

亲爱的:

我还活着。
而且,上学期我是巴黎第三大学体育系第一名!

当然在法国大学里并没有所谓的排名,之所以这样说,是因为我自己决定必选修的两门课都得到最高分。其中瑜伽代课老师给我满分,我去登记分数的时候,助教和在场的其他老师都说不可能有满分这种东西,打电话去确认之后果真是满分,因为老师觉得我比他还厉害。当然这得感谢我的父母把我生得天生软骨,随便都可以把两只脚抬到头后面去。另一门得到高分的课是近代舞,这也没什么好意外的,我已经有超过十年的舞台经验了。法国大学的好处是很自由,连要选择注册有效的学科都可以自己决定,所以没有人会知道我的健身课得到几分,我也不想告诉你!

我的生活可说是很稳定了,这也是我很久没有给你捎讯息的原因,因为已经没有什么新鲜事,巴黎的生活也只是生活,没什么好说的了。

原来无心插柳的按摩事业,进行得还算顺利,我也发展出自己一套独特的按摩法,在没有广告宣传下,靠着客户口耳相传、一试成主顾的方式,所得的收入还足够我负担巴黎的昂贵生活,即使买菜、做饭、通水管,所有玛莉亚该做的家事……什么都得自己来,必须远离奢侈生活精品,但日子过得还算惬意,没让自己饿着,还常常看戏剧舞蹈表演和电影,偶尔到邻近国家度个长周末,夫复何求?

一个月前我接受了日本《Voce》杂志的采访，日本人做事很谨慎，在决定报道我之前，整个采访小组都先花钱让我按摩过了；他们都很喜欢，说我应该为自己的独特按摩法命名派别；我想，以后应该会有更多的生意上门，不过我也不希望让自己太累，钱赚够就好。让人满足的生活质量其实除了金钱之外，更重要的是要有足够时间去享受生活上的美好喜悦时刻。

然而，知我如你，应该可以想象我偶尔的不安。我不是那种安于稳定生活的人，我要挑战、我要发光、我宁可要疯狂。所以，当M忽然把男友带回来，要求我搬走的时候，我并不如他们所想象的那样沮丧，反而觉得我的机会终于来了。

"好啊，只要你愿意当我的租屋'保证人'，我就搬！"我马上这样说。

因为有了保证人，我在一星期后签约租到了房子。来到巴黎两年多了，我终于有了属于自己的家，房租合约书上是我的名字，信箱上只贴着我的名条，水电单上也是我的名字。亲爱的，我很快乐！

上个月我正式搬到位于巴黎市中心第二区的新家了。当我告诉巴黎人我住处的街名时，大家的表情往往都会像是听到我挑逗地说"我今天没穿内裤！"似的，不是震惊地说"你确定吗？"，就是情不自禁地露出最猥亵的眼神说："嗯，那可是一个很有趣的地区啊！"

我的正式地址是"圣丹尼街"，它是一条恶名昭彰、大家都知道它存在但从来不会承认去过的街。如果你还想追问巴黎人为什么知道这条街的景况，他们一定会说"我有一次不小心经过那里……"这样说你可能想象不出它的样貌，其实它的地位就等同于台北的"华西街"，这里是巴黎流莺（尤其黑人）聚集之地，还有为数不少播放色情电影兼卖情趣用品的店。

我的确在两年前到处乱逛的时候曾经过这条街，当时真是被路上的景

我家厨房小到无法同时挤进两个人,虽然没有人帮忙,却可以让我煮出同时抓住八个人的胃的料理;每次有沙发客来都为之着迷。(超过二十种的茶收藏,甚至连上个甜点,都有"茶单"可以让客人选择。)

我的谋生工具:按摩精油。

我在邻居家阳台上宴请晚餐,这是我赢得邻居友谊的好方法。

象吓到了。那是一个星期天,街上所有的成衣批发店都关门休息,只有零零落落站着的穿着性感的流莺(大部分是阿嬷级、显然已经在此地工作超过二十年的晚娘),来往的路人几乎都是性欲满溢、眼神搜寻的男士,让当时还对巴黎抱有甜腻浪漫的憧憬幻想的我产生了恐怖的想象。我记得那天看到几个仓皇失措的日本观光客,他们大概也因为迷路来到这里被吓到了!

可是,亲爱的,现在的我,虽然不想承认自己是巴黎人(因为大部分的人都唾弃骄傲过度的巴黎人),但已经可以在观光客面前自称"老巴黎"了。我知道圣丹尼街没有什么不好,这里一直有人来来往往,有巨胸女人站岗,不时有警察巡逻,除非自己穿着暴露引起好色帅哥误会而前来询价,这里才是没有什么犯罪事件的安全之地啊!

而且因为大部分人不知道它的好,只被它呈现的假象左右了视听,让这里的房价还不算太贵,几乎能说是巴黎市中心最便宜的地段了。虽然我付的房租在你听起来应该是吸血鬼才会要求的价钱,可是这里是巴黎,我找不到更便宜的了。

我有必要向你解释圣丹尼街所处的"市中心"位置。

通常我们说的巴黎指的是二十区内的"小巴黎",有些人明明已经住在郊区,却还要攀龙附凤说自己住在巴黎,其实那得是指整个"大巴黎"时才

会把他们算进去。大巴黎约有八百万居民，其中只有二百万人住在小巴黎。而我住的圣丹尼街位于第二区，十九世纪以前就已经属于巴黎的范围了。我家北边有条"宏伟大道Grandes Boulevards"，十九世纪时，这条大道以北就被称为"faubourg郊外"了，而我，可是住在大道以内的巴黎心脏地带啊！

而且这一区自古以来就非常繁荣，巨大的市场"中央市场Les Halles"就在不远处，据说在电视还没发明之前，宏伟大道上有超过八百家剧院，玛丽·安东妮皇后在法国大革命之前最爱去的"圣马丁门剧院Théatre de la Porte-Saint-Martin"就在我家旁边。拥有全法国最大放映厅的老电影院"REX"也在不远处。它的对面是一家巴黎仅存的成人电影院"Bevery"，据说每星期有一天开放给观众上台随着电影表演活春宫，真是奔放。这一区一直都是巴黎人休闲娱乐的所在（所以有妓女也是合理的）。而且圣丹尼街在法国历史上可扮演着重要的角色呢！因为法国王室归天后的送葬队伍都要经过这条路，通过就在我家旁边的"圣丹尼门Porte Saint Denis"（它很大，可它不是凯旋门），安葬在北边的圣丹尼大教堂里。我家附近的房子很多可都是历史建筑，周末时都会有深度旅游团的讲解员在我家楼下对我指指点点！（我该穿什么衣服站在窗边品茶呢？）

在搬进新家之前，我特地扮演油漆工把家里重新粉刷一遍。M帮我搬家，我们上上下下爬了无数次，我住的又是没有电梯的六楼最顶层，"这样有更多的阳光可以洒进来"，我总是这样自我安慰。接着我到十三区的C家把放在地窖的衣物也搬来了。终于在两年多之后，我为我所有的东西找到了归宿。

我到三楼的管理员那里打招呼，让他们知道我搬进来了，以后的信件要麻烦他们，有什么问题请多多指教。

"您真是有礼貌啊！法文说得也不错，欢迎您呀！"管理员的老婆边说边把眼睛挤得让我看不到她的虚情假意，但我可是学过表演的，我能感受得到她的口是心非。

"对了，这栋楼里有黑人住着，要小心！"她加上这一句。我痛恨种族歧视，而且她可能也提醒那个黑人说这栋楼里搬来了我这个黄种人。不过这已经不重要了，因为我已经签了正式房租契约，除非我自己想走，没有人可以赶我走，即使我的房东也不能！

为了要负担比跟M分租公寓时更多的房租，我决定上网刊登按摩广告，希望能增加客源。然而，也因为这样做，我常常接到怪电话。

当现在已经以优良警官身份光荣退休的"林叔叔"很年轻还在菜市场卖水果的时候，一心望子成龙的他，绝对无法想象他那个被放在三轮车后面跟水果为伍的心肝宝贝儿子今天会成为一个在一般人眼中社会地位如何如何的按摩师。他如果当时有知，可能会命令我把偷偷咬下去、非常昂贵的苹果吐出来！

我的父亲一直希望我当医生。

"当了医生，有钱人就会把女儿嫁给你，还送一栋诊所当嫁妆。"这是他和我母亲在最辛苦的岁月里最大的愿望。我也觉得这会是一个幸福人生的完满结局，高中时代还乖乖地念了三年第三类组，为大学联考医科做准备。

当然，人生永远来不及意料。几个逆转，我大学读了影剧系，研究所在纽约学了大众传播，回台湾在大专当了几年讲师之后提前从舒服的生活环境"退休"，跑来巴黎想跳舞和大量旅行，阴差阳错地选读了其实还颇有意思的体育系，并且为了负担生活费和旅费而在异国他乡当起了按摩师。

Masseur，按摩师，以手按摩他人身体为业之人。

按摩师被以有色的眼光看待，已经是由来已久的事了，这是任凭我再怎么解释也无法改变的事实。我曾经坚持称自己为"masseur therapeut按摩治疗师"或芳疗师，但是无论我用什么名称，不认识我的陌生人还是会把按摩和色情扯上或多或少的关系，尤其是看到广告而打电话来询问的客人。

"请问您穿什么按摩呢？"被这样问过几次之后，我知道这是希望按摩师裸体工作的客人。

"有没有'finition manuelle巧手结局'？"这是希望按摩师以手协助达到性高潮来结束疗程的问法。

"是'massage complète全套按摩'吗？"这样问的人期待的是性服务。

"是'massage sensuel'吗？" sensuel可以意指肉体的、肉欲的、色情的、淫荡的。

"是'massage naturist崇尚自然的按摩'吗？"这也是裸体按摩的意思。

尽管网络广告上我已经写得清清楚楚，提供的是专业按摩，我穿衣服工作，不提供性服务，甚至连性器官都不看不碰，每天都还是得接到几通这样的电话。以上是最常遇到的问题，当然还有更不堪的问题，形形色色、怪异百出，我都可以写成一本书了。

法国人跟中国人一样会用一些模棱两可的文字来探询，以免自己难堪，但那些清楚的弦外之音依然令人不悦。一开始我都礼貌地拒绝，尽量在电话中帮对方保留面子，但久而久之，我渐渐地没了耐心，遇到有色的问题，都会斩钉截铁地以一个字回答："Non!"有些人还不死心，企图说服我。

"为什么不按性器官呢？那也是身体的一部分啊！"真是卑鄙的说法，甚至语带猥亵。

"舌头和眼睛也是身体的一部分，但我也不按它们。"这样的解释满意吗？

"我崇尚人体艺术，绝对不会以有色的眼光看待你。一个很好的按摩配上美好的人体艺术不是很圆满吗？"一听就知道是色老头。

"您的老板很满意您的工作，同时也崇尚人体艺术，您愿意裸体上班吗？"请将心比心。

"您按女人胸部吗？"

如果客人需要，我可以按胸部周围。

"那您也可以按阴唇周围吗？"

"不！"

还有人半夜两点打电话来，把忘记关手机的我吵醒——"我想要租一个男孩，我觉得你很可爱。"完全没有礼貌性的问候，劈头就这样说，沙哑的声音让人联想到古堡吸血鬼。

"先生，请问现在几点？这个时候和这个要求应该比较适合打电话给你妈！"我毫不客气地挂上电话，立刻关机，气得再难入眠。

或者也有这样莫名其妙的简讯："多少钱？那里多大？"

我马上将它删除，当场尽最大的努力要把这件事忘掉。

今天早上是一个男人打电话来，问了一大堆问题，确定我也帮女人按摩之后，说是他找了个女人在我家附近的旅馆开房间，要找一个按摩师在床上把她搞爽，然后一起三人行快活上天堂。

"NON, à dieu!（永别了，上帝那里见——如果你多做善事上得了天堂的话。）"这真是成何体统！

太多的怪问题和怪人让我现在已经习惯了，不再因为接到这样的骚扰电话而太过困扰，而且也慢慢接受了现实。就像技艺再高超的艺妓，即使再怎么坚持只卖笑不卖身，还是得承受"妓"这个身份伴随而来的歧视眼光。但是有时候我还是会沮丧，不只是因为父母的期望，还为人在社会中求生存的无奈。我能想象有多少必须出卖灵肉的按摩师，一方面同情他们的处境，一方面却又怪罪他们让社会大众把按摩这件美好的享受跟色情画上等号。这真是一种难以言述的感受。

我一直没忘记父亲的期望。

母亲生下我的时候，正在金门当兵的父亲努力查了很久的字典，帮我取了个很难写的名字，从"鸿麟"这两个字看得出他在我身上的所有期待。然而他和母亲的伟大之处就在于，为了让我能有更快乐的人生，他们愿意放弃辛苦把我养大成人、祈愿我当医生的冀望。就像三十多年前的一个下雨天，他们打开三轮车后的遮雨帆布，发现还完全不懂事的我在水果堆里竟然吃了当时最昂贵的苹果（依照母亲的说法，当时一粒苹果新台币一百元，是探病送礼的最高境界），即使再心疼也以全然的爱来包容。

也因为我没忘记父母的期望，对于"按摩师"这个身份，我带着医生般的自我期许。每每因为纾解了客人的腰酸背痛而欣慰，甚至有人把我当成心理治疗师看待，觉得我的按摩可以抚慰他的心灵，从此不再看心理医生，改成来找我。

大部分来过而且真正喜欢按摩的客人都会再来，我也因此结交了不少朋友，偶尔会有客人觉得我是个有趣的人而请我吃饭。有一次，一个退休的老人，即将去印度寻找自我，被我按摩后泪流满面地说他不用去印度就已经找到了，然后把他当时身上所有的欧元都给了我，坚持要我收下。有一对我已经按摩了一年多的夫妇，一个是法官，另一个是心理医生，每个月一次我会在按摩后留在他们家里吃饭；我们都喜欢旅行和艺文活动，他们家的节庆晚宴我都会受到邀请参加，于我他们更像家人。还有很多很多的好例子，都让我觉得我在做一件很对的事，也因此而可以不管别人以什么眼光看待我，问心无愧。

在开始进行按摩之前，我常会把接下来的按摩献给我的父母，因为谨记着他们的期待，我的按摩会做到最好。即使我没有当成医生，没有人带上一栋诊所嫁给我，我仍要我的父母依然以我为荣，而我想他们会的。

亲爱的，如果你有机会见到我爸妈，请为他们拍一张照片寄给我。虽然我会打电话回家，却不知道他们是否又老了一些、白头发是否又多了一点儿，比他们送我坐车上台北搭飞机的那天是胖了点儿还是瘦了些。

终于有了自己"家"的我，很想念他们。

巴黎症候群

第二十四章

史特拉斯堡・圣丹尼

STRASBOURG
SAINT DENIS

亲爱的，
我常常觉得我受够巴黎这一切了！

亲爱的：

前一阵子由于忙着搬家和布置，我其实还没好好逛过附近的小街小巷，今天趁着好天气和好心情，我终于可以好好地在住家附近进行我的"巴黎晃荡"。

距离我家最近的地铁站是"史特拉斯堡·圣丹尼"，那是两条大道的名字。史特拉斯堡大道上有很多黑人开的美容院，很多女黑人会来这里做头发，地铁站出口有一些黑人对着她们喊话，听不懂的人常常会被吓到，其实他们只是美容院派来揽客的，目的就只是希望女人到他们的店里做头发，这样他们就有佣金可拿。

因为已经习惯楼下阿姨们的巨胸，不会再被吓得躲开视线，我现在可以看到她们脸上甜美的笑容。"Bonjour!"至少她们没有种族歧视，会亲切地跟我和每个路过的男人问好。在阿姨们甜美笑容、热切欢迎的表情围绕下，我决定先往北边圣丹尼门后面的"圣丹尼郊道rue du Faubourg Saint Denis"走去，这条街已经成为我最爱的街，因为它同时是我的食物供应街。

圣丹尼郊道上移民很多，以土耳其来的库德族人、北非人、印度人、模里西斯岛来的皮肤黝黑的人、中国人和东欧人居多。因为是移民聚集的区域，所以东西比较便宜，又充满了异国情调。这里有许多清真肉铺、五六家大型蔬果店、阿拉伯人开的五金行、中国人开的杂货店、东欧人开的食品铺，你用很少的预算，就能在很多印度餐厅（尤其在"布拉迪廊道Passage Brady"里面，更是一家接着一家挨着开）和土耳其餐厅吃得饱饱的。我最爱的是一家意大利食材店和隔邻的乳酪店，虽然我因为它们的东西比较贵而很少光顾，不过光是经过店门口都让我觉得幸福。它们可是许多巴黎的米其林星级大厨推荐的食材店呢！这里也有一家咖啡专卖店，出售自家烘焙的咖啡豆，浓郁的咖啡香迷人地飘散出来；我还喜欢东欧人腌制的橄榄，那是佐餐前酒的良伴。

这里还有两家百年老餐厅，自巴黎的"美好年代"营业至今，内部装潢别有风味。其中"Julien"就在圣丹尼郊道上，"Flo"则隐身巷子里，这两家专卖法国菜的餐厅在此独树一帜，享有盛名。不过碍于盘缠有限，我还没进去过，只透过橱窗看了内部装潢，遐想不已。

圣丹尼郊道上还有一个对我而言极重要的地标"贾克·勒寇国际戏剧学校école Internationale de Théatre Jacques Lecoq"，我的恩师曾经在这里学习表演，这里等于是我戏剧表演传承的源头。

每次我走在圣丹尼郊道上都不觉得自己身在巴黎，可是我明明就是在巴黎。这里虽然比较脏乱，但却更接近真实生活的巴黎，没有乡舍丽榭大道上的华丽奢侈，却更接近我在巴黎的位置，不只是地理位置上就在我家隔壁，阶级身份上更与我的处境相配。

我先买了蔬菜水果，又去中国超市买了半只熏鸭和豆腐带回顶楼住处后，知道今晚不会挨饿了，才真正开始我的巴黎漫步。

从圣丹尼街往"中央市场"的方向走，在"雷欧慕街rue Réaumur"右转后不久，就到了颇受观光客、当地住户以及从别区专程过来的巴黎人喜爱的"蒙特盖街rue Montorgueil"。这条街的迷人之处在于有许多法国传统

我常常会去我家附近这个名为
"偷听"的雕塑讲心事，就像
电影《花样年华》里男主角去
吴哥窟倾诉一样。

思朵尔糕饼铺
Patisserie Stohrer

地址：51 rue Montorgueil, Paris 75002
官网：www.stohrer.fr
地铁站：四号线 étienne Marcel 站

给爱喝酒的法国人装空酒瓶的巨大回收桶。

薇薇安廊道
Passage Vivienne

地址：6 rue Vivienne, 75002 Paris
官网：www.galerie-vivienne.com/en/
地铁站：三号线 Bourse 站

228

百年老店都在这儿，虽然不过就是奶酪店、肉铺、果菜店等民生用品小店，不过这正是想要亲近原汁原味的巴黎生活的观光客会想去的地方！不知道是不是因为有很多观光客来"窥探"巴黎的生活原貌，同样是贩售民生用品，这条路上显然比圣丹尼郊道上的高级，贩卖的东西也都比较贵，所以我通常只有纯欣赏，过过干瘾也好。

蒙特盖街上有一家巴黎历史最古老的甜点店"Stohrer"，在这家将近三百年历史的老店里卖的所有东西我都想吃，连英国女王来法国访问时都曾到这里采买呢！我之所以知道这个八卦，是因为这家店门口的人行道上有卖英国女王来此血拼的一系列写真明信片。

以十四世纪一位面包师傅的名字命名的"堤盖同街rue Tiquetonne"跟蒙特盖街垂直交接，这条老街上有很多餐厅，第十号的门墙上还留有中古世纪的树雕墙饰，就和街上许多老旧大门一样让人惊喜。

我接着转到"伊天·马歇街rue étienne-Marcel"，这条街是巴黎流行重镇，虽然店家可能不是连我乡下的妈都叫得出名字的国际名牌，却都是巴黎潮男潮女的购物圣地；其中最有名的是在与堤盖同街交接处、一家叫作"Kiliwatch"的流行商店，如果想知道巴黎街上正流行什么（绝对不是LV），来这里看看就对了。

奇怪，我明明记得这里有一座中古世纪的高塔呀！怎么一个不小心就错过了？再转回伊天·马歇街，终于找到那座我曾经在"欧洲古迹日"跟丹尼尔来参观过的"尚无畏之塔La tour Jean-sans-Peur"。

这座在中古世纪被认为是高塔的塔楼，现在已经被掩藏在流行服饰店后，不特别留意还找不到。我很喜欢这座小塔楼，它现在是呈现中古世纪生活的小博物馆，里面有一个很可爱的中古世纪厕所，在当时可是"最现代化"的设施呢！在中古世纪塔楼下，我情不自禁地露出了满足的微笑，因为现在我新家的厕所是正常的抽水马桶，不再是电动马达式的怪物了。说实在的，那种东西比我小时候有一次去我家后院的浴室，打开门看到对我怒目而视的眼镜蛇还可怕；那次在我尖叫后当晚我们有了美味的蛇肉可吃，可是电动马达式的马桶只会给我连连噩梦。

我继续转回蒙特盖街。街上有一家花店，这家花店卖的花怎么都那么美？花店前正好有一组人在拍电影，主角是一对俊男美女，好看得让人想把所有一切都献给他们。剧情大概是男主角心血来潮买了一束鲜艳绽放的玫瑰送给女主角，女主角当然感动得立刻将嘴唇凑上男主角，两人长吻不已，仿佛天塌下来也无所谓。我想，就是这样的画面才让人对巴黎充满了幻想，认定巴黎是全世界最浪漫的城市，最终像我一样抛弃了一切搬来才发现，原来，巴黎的生活完全不像电影所说的只有浪漫的一面！你可能得过两年颠沛流离、居无定所的苦日子之后才能租到一间小到不能再小的房间，而且因为必须买菜做饭而买不起鲜花。

我真想冲过去叫那些拍电影的别再骗人了。我要把女主角手上那束花抢过来，狠狠地往男主角身上砸去，对他说："你这混账东西，你曾说过我是你的唯一！"

幸好这时导演喊"卡！"不然我可能真的会酿成丑闻。

蒙特盖街走到底，"圣俄斯塔许教堂St. Eustache"就在眼前。这座教堂内部据说比圣母院还大，而且因为少有观光客而让我内心平静，我的确需要进去为我刚刚在花店前的差点失态忏悔。

"神啊！谢谢您让我租到房子。比起街上的流浪汉，我应该知足了。虽然他们也该为领了政府的救济金而知足，不要以近乎强迫的方式带着恶臭向我乞讨才对。"

教堂旁的广场上有我最喜爱的户外雕像，这座名为"偷听écoute"的雕像，是由一个大头和一只手组成的，手的位置就放在耳朵旁边，好像正在听人讲悄悄话。我偶尔经过都会向它诉苦："上个礼拜去菲利浦十五号家吃饭没吃饱！"

从大教堂往西边走，会遇到"法国银行Banque de la France"，我也曾在古迹开放日进去，见到巨大的金块（当然保存在玻璃柜里），当时心里想着，如果要在巴黎过着浪漫舒适的生活，确实需要有那样的金块。

法国银行旁边是"胜利广场Place de Victoire"，太阳王路易十四骑马的雕像矗立在广场上，像是以骄傲的姿态说："你看，我们法国已经用所有奢侈品牌和浪漫表象征服了全世界。"

胜利广场不远处是我最喜欢的"薇薇安廊道Passage Vivienne"，里面除了有我买不起的华美精品，还有一家英国茶室，他们卖的司康很好吃（终于有法国货以外的好东西了）。长廊尽头有一家旧书店，不过显然生意出现危机，竟也卖起了杜瓦斯诺（Robert Doisneau）拍的恋人在巴黎街头拥吻的黑白明信片，也就是那些我们每次看了都要惊呼"啊！真是浪漫"的著名照片。你即使不知道摄影师是谁，也知道我说的是哪些照片。

走出长廊，就是法国国家图书馆。这家旧国图里偶有艺术展览，我一定要找一天好好进去参观。图书馆对面穿过一条小街就到了"皇家宫殿Palais Royal"，这里有一个美到不行的矩形公园，不需工作的人在喷水池旁晒太阳；公园两旁尽是高级精品店，其中有一家专卖手套，价格吓人。而再往前的广场上黑白相间、长短不一的柱群艺术杰作《Les colonnes de Buren》总让我流连忘返，幸好欣赏这件艺术品是免费的。

走出皇家宫殿，右边是"国家剧院La Comédie-Fran aise"，莫里哀就是在里面的舞台上表演时死去的。这里已经是罗浮宫的范围了，我没有继续往下走，当然是因为肚子饿了。舍弃到附近著名的"圣安娜街rue Sainte Anne"吃道地日本拉面的念头，我决定在饿昏前赶回家做饭，反正罗浮宫里法国掠夺而来的艺术品又不会跑走。

就在我特地找到欧托尼耶（Jean-Michel Othoniel）所设计的地铁站出入口准备搭地铁回家时，一群高中生似的妙龄法国少女迎面走来，其中一个忽然向我要钱，这举动可把我吓一跳。巴黎的年轻人常常伸手讨烟抽，穿着显然比我的衣服还昂贵的衣服的年轻女生很正经地向我要钱还是第一次。我说对不起我没钱。

蒙特盖街是很多观光客来体会原汁原味的巴黎的市场街。

皇家宫殿
Palais Royal

地址：25 rue Valois, 75001 Paris
地铁站：七号线 Palais Royal – Musée du Louvre 站

皇家宫殿里的Buren 柱群。

"没关系！"她随便回应一声，反正还可以跟别人要。这年头的年轻人到底怎么了？

我从这里搭地铁一号线，这条在线的乘客以光鲜亮丽的观光客和西装笔挺的上班族居多，真让人觉得赏心悦目。

在地铁上又遇到有人要钱，那女人因为讲话像机器让我听不太懂，反正就是千篇一律她没钱住旅馆、没钱去餐厅吃饭之类的（我好像也没钱做这些事啊），请大家可怜可怜，给她饭票（法国上班族可以领有的"ticket restaurant"）或者香烟。但我确定她拿了钱之后会去买酒。一个日本人模样的男子掏出一个铜板给她，其他人都因为这种事太常见而无动于衷；让我惊讶的是这个女人拒绝了男子的钱，走开后又折回来破口大骂："才十生丁，你这是在侮辱我吗？拿去吧，我甚至可以给你二十生丁！"说完丢给那男人一个二十生丁的铜板，让那个好心的日本人完全错愕。

接着我转乘地铁四号线往北走，因为北边是移民较多的区，所以这条地铁在线的乘客跟一号在线的简直是天壤之别。

一个看起来病弱的中国女人也一起上了车，看到一个空位想坐下去，却被空位旁已经坐着的疯女人骂："别推我！"我看到其实她根本没推她，甚至屁股都还没坐下去。中国女人被吓得脸色更加苍白，其他人当然视若无睹，因为这种疯子在巴黎的地铁里太常见了，反正又不是自己被骂。结果那个位置一直空着没人去坐，直到下一站一个黑人大只佬走进来，他大喇喇地坐上那个空位，还坐到旁边那个疯女人的衣角；衣服被压住的疯女人吭都不敢吭一声，好一个欺善怕恶的疯婆娘。

黑人大只佬带进来不知是健身还是辛苦工作或是被警察追跑后的强烈体味，熏得我忘光刚才散步时看到的美好风景。接着我闻到更多的味道，就是在巴黎地铁里所有能闻到的味道，有很多会被我列为"恶臭"等级的体味、"臭味"等级的廉价香水味，以及来要钱的流浪汉离开后挥之不去的"仙"味。稍远处还有一个黑女人在吃烤玉米，以及她的同伴在吃中东汉堡的味道，这些综合起来的味道已经快把刚才那个中国女人给熏晕过去了，她身体显然很不舒服地靠在栏杆上，还被另一个等着下车的法国女人用凶悍口气斥声说的"Pardon!"吓得让开。这一切让我忽然想吐，于是决定提早一站下车。一下车，就遇到流浪汉在地铁站月台上开派对，廉价酒洒满地、臭气冲天。我夺门而出，心想可能得到小公园里透透气，三个黑人却追来向我强迫推销"hachisch 大麻"，害我连公园也不敢去了，直奔回家。

回到我家时，楼下站岗的阿姨已经下班了，我刚好看到她穿回一般人会穿的休闲服，脂粉未施地去搭地铁，或许家里有孩子在等妈妈吃晚饭。

亲爱的，今晚我为自己煮上一顿好料，并且统统吃光。还开了一瓶红酒来喝，因为是在自己的家里，醉了倒头就睡，厨房等明天再收拾，所有的生活烦恼明天再说。希望明天会更好。

不料，凌晨三点，我被对面的轰趴给吵醒。这已经不是我对面邻居第一次这么做了，他们几乎每个周末都吵得我睡不着，耳塞、安眠药都没用，因为即使强迫自己睡着，凌晨五点还是会被那群自私的年轻男女的欢呼声给惊醒。对面的二、三楼和五楼最常办派对，有时甚至还同时办！我很希望恐怖分子忽然来巴黎炸掉那栋楼，而且最好当时所有每个礼拜来叫嚣狂欢的自私法国人都在里面！

我被吵到再也睡不着，只好起来将厨房收拾干净、锅碗瓢盆都洗了。在夜深人静而狂欢派对噪声相对显得更大声（音乐品位真差）的情况下，无法入眠的我决定趁这个气头上写一封信去骂邮局，因为那个该死的送件邮差永远找不到我家的信箱，以至于我的网络设备被连连退回去五次。我去邮局吵过很多次架，吵到邮局的人都认识我了，也都表示同情，他们大概能体会一个月没有网络与电话的痛苦，却也只能无奈表示："这不是我的问题！"

潮流古着店
Kiliwatch

地址： 64 rue Tiquetonne, 75001 Paris
官网： kiliwatch.fr
地铁站： 四号线Etienne Marcel 站

　　昨天，在我第八次去邮局拦截到我的网络设备后（幸好还没交给笨邮差），他们在我的要求下给了我一个申诉地址。

　　"亲爱的女士、先生，在经过百般折磨之后，我终于收到我的包裹。为了邮局的信誉，希望您以后雇用邮差时谨慎一点儿，最好找视力超过零点一、智商超过七十五的。"

　　写完信，再一次，我又拿起好不容易等到网络设备而接通的电话，在凌晨四点邻居的叫嚣声中再度拨了警察局的号码。这个号码是一个法国朋友给我的，在我向他抱怨邻居每个周末都吵得我睡不着之后，他告诉我，在法国，根据法律规定，晚上十点之后不可以制造噪声吵邻居。他每次参加的派对，都会被警察登门制止，没有一次例外；所以我也应该打电话去报警。我确实已经打过好几回了，他们只是像问犯人那样要了我的所有基本资料，希望这一次他们真能派人来处理。

　　"先生，我刚刚已经打过好几次电话来了，我的邻居还在吵。您所答应的警察还没来制止他们。"我甚至沉默了几秒钟，让他从电话里听到我邻居的狂欢声。

　　"您有他们的入门密码吗？"他问我。
　　"什么密码？"我以为我听错了。
　　"给我楼下的入门密码。"他又说了一次。

"可那是对面的邻居，不是我居住的这栋，我没有他们的密码。"我老实说。

"那我们什么事也不能做，先生。"他冷冷地说。

"可是他们每个周末都吵得我不得安宁，这是你们的责任。"我坚持他一定要派人来。

"没有密码，我们进不去，什么事也不能做。抱歉。我还有别的事（睡觉）要忙。"他忘了今晚三次答应我会派人来处理，因为我每半个小时打一次电话，他之前也没跟我要密码，只是说会"马上"派人过来，最后终于用这招来告诉我："别再打来了！"（反正无论如何我们不会去，这不是我的问题！）

法国几乎每栋楼都需要密码才能进入，可是警察或消防队员应该有办法可以进入任何大楼吧，不然警察在办公室里纳凉就好了。只要有人打电话来报案，就以"我没有密码，什么事也不能做！"来敷衍，这算什么啊！

我很失望地挂了电话，心里决定下个周末打电话去警察局通报的时候要这样说："我看到对面有一群中国人绑住一个法国女人，正在活吃她的肉，可是我没有密码进去制止这件事。那法国女人的惨叫声虽然没有我其他法国邻居办趴体的吵闹声大，可是仍然吵得我睡不着。能麻烦您们过来一趟吗？"接着我会看看他们到底来不来！

亲爱的，我常常觉得我受够巴黎这一切了，尤其是地铁里的臭味、邻居的噪声、愚笨的邮差，以及抢匪般的银行和手机公司，当然，最受不了的是移民局办事员的嘴脸。可是我没有办法改变这一切，因为我住在巴黎。

"请告诉我，到底要怎么做才能收到我的包裹！"

或许，我必须接受那时在邮局问了办事员之后她给我的诚恳建议——

"搬家！"

终章
巴黎,台湾

▼

亲爱的:

　　这么多年过去了,你总是以假期不够为由,到现在还没有来巴黎找过我。我想,就像所有在台湾努力工作、为生活打拼的人一样,你的假期永远也不会长到能在巴黎待上你所希望的时间。

　　而且,你在听完"我的巴黎"之后,应该也不想来了吧!

　　在我终于找到住处后,我的巴黎生活渐趋稳定,巴黎第三大学体育系的课程没有难倒我,还让我发现更多的兴趣,例如瑜伽。我甚至开始开课授徒,要把这个好东西与人分享。我也参与了数次售票舞蹈表演,获得不少掌声,甚至被某个日本装置艺术家聘为专用舞者,帮她完成两个到处巡回展览的作品创作。

　　按摩事业让我靠着固定客户的往来收入,得以负担昂贵的房租,偶尔接到陌生人打来的古怪要求电话时,也知道如何有礼貌回绝之后一笑置之。自觉快付不出房租时,我就把房子租出去,自己到处去旅行;我写的那两本关于旅行经验的书，就是这么来的，谢谢你每次都买好几本支持我。

"为什么要搬到巴黎来呢？"

这么多年过去了，每次遇到刚认识的法国人，我还是会被问到这个问题。因为我是个"外来者"。

"因为我想学法文。"我一直认为法文是全世界最美的语言之一，所以希望我可以学好它。现在，即使我的法文还不至于到说得呱呱叫的程度（我想我永远也不会，我又不是鸭子！），可是要我在路上对那些带着恶臭逼我给钱的流浪汉说"对不起，去找你们的政府吧！"，或者写信抱怨手机和银行的掠夺行为已经绰绰有余了，我甚至还可以跟脑筋有问题的变态讨论电影呢！生活上的一切也都能亲自打理，买菜购物都不成问题，遇到不说"Bonjour"的超市收银员，我也有办法强迫他们跟我聊上两句："生活真是辛苦，不是吗？以至于我们都会忘了该有的礼貌。"

当然，我承认，当初我想要读完普鲁斯特的全本法文版《追忆似水年华》的心愿还是难以达成，因为它真的太大本了！

"为什么来巴黎？"我喜欢这样直接的问法，虽然我连这个刚认识的人叫什么名字都忘了。

"为了要旅行。"我确实爱旅行，住巴黎的好处是从这里去欧洲任何地方都很方便，又比从台湾来还便宜。我确实也去过太多地方，欧洲各大城市都去过很多次了，连许多几乎没有亚洲观光客出现的地方也都有我的踪迹，这些经历还让我写下两本旅行经历的书呢！然而，欧洲似乎已经没有任何吸引我的地方了，所有的城市大同小异，都有教堂、H&M服饰店和麦当劳，甚至连自然风光也觉得看腻了，还不就是山和水。

"对不起，我想应该已经有很多人这样问过你了，但我真的很好奇，为什么你要来巴黎？"有些人会这样说。

"当然大家都会这么问,不过我并不介意告诉你,我来巴黎是因为我对大寮感到腻了。"我总是不吝回答有礼貌的人所问的问题。

"大寮?那是哪里?"这些法国人不知道这个地方是正常的。而我终于逮到机会可以好好地介绍我的故乡了。

"那是台湾南部的一个纯朴小镇,不过以你们法国的计算方式,它是一个'大城',那里有一间比圣母院还漂亮的包公庙,这是我的法国朋友亲口说的,我记得多年前带他去参观的时候,他惊呼连连、拼命拍照,不放过任何细节;还有一座浪漫的公墓。"然后我爸妈的爱情故事总是会让他们觉得又好笑又可爱。

"为什么选择巴黎?"问这个问题的有时是标准的知识分子。

"因为我喜欢看电影。"这是实话,而且听到我这样回答的人也会觉得来对了地方。只是,他们可能不知道我除了是来巴黎看电影,更是因为看了很多关于巴黎的电影、对巴黎有了错误的印象之后才决定来的。

懂得法文之后,我看的电影更多了,却也因此了解电影只是电影。楚浮那个年代的巴黎早已不复存在,侯麦电影里的人也不是我们平常会遇到的人。在一次与侯麦最喜欢的女演员里菲叶(Marie Rivière)喝咖啡的时候,我问她:

"你在电影里表现都非常自然,是不是都是即兴演出,你们每个人原来都是像电影里那个样子?"

"才不是呢!侯麦的电影剧本事先都清清楚楚写好,我们必须一字不漏背下台词。我才不像《绿光》里那个女生那样爱哭呢!"

"《绿光》正是把我带到巴黎来的电影啊!"我当初以为可以在巴黎看到绿光,找到爱情。我错了。

阿萨亚斯娶了曼玉姐、跟她生活多年又离婚后拍的电影才更接近真实,他大概也是在了解移民的辛苦后,才拍出让曼玉姐得到坎城影后的《错得多美丽Clean》。

无论如何，电影里的巴黎，绝对不是真正的巴黎。

那么，什么才是真正的巴黎呢？

不容否认的，巴黎有它浪漫的一面。地铁里、桥上、街上、咖啡厅里到处有接吻的恋人，可是这些恋人不是永远四片唇黏在一起，他们也要吃饭、睡觉，而且大部分时间要工作，好负担巴黎昂贵的生活所需。没有工作、领有失业救济金的法国人可能会因为没钱出去约会而交不到男女朋友，不能合法工作又领不到救济金的外国人则生活更苦啊！而这些都是出现在乡舍丽榭大道上拼命买奢侈品的有钱观光客体会不到的。这么多年来，我很少去逛乡舍丽榭大道或"圣多诺黑街rue Saint Honoré"，不是我不喜欢精品，而是我有时候连下一顿饭在哪里都不知道，怎么可能会对动辄上千欧元的包包感兴趣？

我也没上去过艾菲尔铁塔、凯旋门或圣母院塔楼，因为当观光客在排队等着上这些地方看巴黎美景的时刻，我可能正在买菜做饭。我不是不喜欢做饭，在台湾的时候，一年当中也会煮个十次左右的晚餐来宴请要好的朋友，为的是要表示我对友谊的重视。而在巴黎我却得天天煮饭，为的是不要再让自己饿到昏倒。这完全是两码子不同层次的感受啊！

如果你够幸运，能够跟你所爱的人一起来巴黎，那么巴黎的浪漫才会跟着你，因为所有的浪漫爱情故事都得要同时有两个热恋中的主角（最好是男俊女美，这样观众会更喜欢），而那跟爱情故事的地点其实没有关系。我爸妈肯定会认为高雄县大寮乡内坑村的公墓很浪漫，到巴黎反而会被这辈子没实际见过的黑人吓到不敢出门（尽管我向他们保证黑人大部分是好人）。

桑塔格说"巴黎才是我的故乡"这句话听听也就算了。她是美国人，我们对巴黎的看法不一样是正常的，就像她写的大部分东西，我即使读了也无法确实了解一样，因为有着文化背景的差异，我本来就不应该太相信她。

至于我的前室友詹姆士，亲爱的，虽然他有法国国籍，但他是大溪地出生长大的客家华人，大溪地跟巴黎相差十万八千里，他哪里懂我是不是法国人啊？而且他之后一直住在台湾，觉得台湾才是他的归宿，他凭什么鼓励我搬到巴黎？

"有时候，我真怀疑你为什么要来巴黎？台湾明明那么好！"跟我很熟、又曾经去过台湾而爱上台湾的翁湍和阿郎这样问我。
"因为我想要寻找爱情。"这时候我只能这样回答了。
至于我想要寻找的爱情，唉！

你还记得我出国前让W用"刘伯温神算"帮我占卜未来的感情这件事吗？
没想到刘伯温大师早在七百年前就知道我现今的命运："红鸾是孤星，猿猴与树精，入山遇此曜，迷了性与心。"原来我来到巴黎（入山）会遇到"红鸾孤星"，虽然偶尔会有一些奇遇，却都不是真命天子，只会遇到猿猴与树精般的怪咖来迷乱我的身心，送往迎来空忙一场之后终究还是孤家寡人。确实也是如此。

当然，巴黎的生活对我而言也不完全是负面，我确实结交了不少朋友，其中也包括法国人，他们不但不歧视我，甚至真心把我当好朋友。而且，至少在经历过这一段生活的磨炼之后，我已经不再是"豌豆王子"了。我甚至认为现在无论什么样的生活都难不倒我了。只是，这样的磨炼有必要继续下去吗？它其实早就跟稳定的生活一样，让我觉得无聊了。

不过，亲爱的，我还是希望你能亲自来巴黎走一遭，不论时间长短。因为巴黎就是巴黎，每个人对它都会有不同感受，就看你用何种心情看待它。例如对于巴黎的乞丐，有人会说："你看，巴黎真是美，连乞丐都长得年轻英俊或如花似玉，让人想把所有一切交给他们！"另外的人则会说："这么多年轻人出来乞讨的国家一定有问题！"

面对地铁车厢里的非法乐师，有些人会说："真是有艺术气质的城市啊！"但是也有对音乐真正挑剔的人会马上听出奏错的音符和不可原谅的音节错误，认为那真是听觉强暴。踩到狗屎的时候也一样，有人会咒骂："真倒霉！一出门就遇到这种事。"也可能有些乐观派会赞叹："真是有巴黎的味道啊！"

没错，巴黎就像其他地方一样，也是一座有乞丐、有狗屎的城市，而这些，都必须等你亲自来接触、来踩了，才会知道你将要用什么心情看待它，完全无关其他人的说法。

而我的巴黎是个什么样的巴黎？
亲爱的，如果你在读完这么多我写给你关于巴黎的真实面之后，还没领略我的讯息，那只是因为在经过多年的巴黎生活洗礼之后，我已经不再是你认识的当年的我，而你也随着时光的流逝而与我渐行渐远。

如果你还想继续问："那你的巴黎到底是什么巴黎？"
我想我可以把海明威有关巴黎的名言改一下——

"如果你有足够的钱来巴黎，那么巴黎将能满足你所有浪漫甜蜜的想望，因为它确实是一场昂贵的飨宴。"
我还可以补上我自己的看法："如果你没有很多钱又想来巴黎，那么巴黎的真实与残酷将一直跟着你，因为巴黎就只是巴黎，跟其他昂贵的大城市一样，有着它的现实生活层面。"

最后，亲爱的，我想告诉你，不用去我所给你的那些地址找我了，因为我已经受够了法国移民局办事员的嘴脸，不想再去接受一年一回的换签证羞辱，我要回到我不需要签证就可以安然生活的地方。在那里，我不会受到种族歧视，我的工作能力也可以获得认同，如果我愿意，我就可以对社会有更多贡献。

所以，在你还没到巴黎找我之前，在我还没成为"无纸张"的非法移民被法国政府逮捕遣返，或是得了"巴黎症候群"以致精神崩溃被台湾驻法代表处遣送回去之前，我要自己回来了，回到我真正的家。那里，我的爸妈就像恒星一般等着我，我永远不用怕会吃不饱。

"为什么要离开巴黎？"现在这个问题来了。
因为我一直是"异乡人"，我不属于这里。

尽管我花了很多时间学习融入当地的生活，我的很多法国朋友都承认我对法国的认识比他们还多，至少我去过的法国城镇远多于他们，我知道哪个城市特产什么甜点、哪个地方特色料理味道如何、哪个酒区产什么酒（我承认我对奶酪还是不行），但无论如何，我还是异乡人。每年我都得去移民局续办签证，被办事人员羞辱后看他们愿不愿意让我再留一年，如果他们拒绝让我继续居留，那么我将被迫抛弃之前在这里努力积蓄的一切，立刻离开。每一年我都有这样的恐惧、有必须离开的心理准备，这是我的法国朋友不可能体会的，因为他们不需要"carte de séjour居留证"。

为了要拿到"carte de séjour"，我已经付出很多代价，经历很多羞辱了，我甚至差点得在学校选修橄榄球和法式拳击！因为我能修的课都被我修完了。要不是学校的老师疼爱我，让我重修已经选修过的课，我可能早就被大只佬压坏了。而对于这一切，我只想大喊："够了！"

至于那最后一根压死骆驼的稻草，应该是去年圣诞节发生的那件事吧（又是圣诞节）！因为政府没在人行道上撒盐，我在圣诞节当晚在结冰的街

上滑了一跤，手肘应声而断。因为不想劳师动众，我没有打电话叫救护车或消防队员，自己走到医院急诊；X光片上看到我明显骨折必须开刀，护士听到我的保险等级是"CMU"，那是最基本的健保，跟我道歉说那么就没有病床可以给我。"对不起！这里是法国。"她说完马上找来两个壮丁把我麻醉迷昏，在我手肘上装好固定支架，接着把我丢在走廊上等待自然苏醒。凌晨两点半我醒来，值夜班的护士说我得回家等待有空床位才可以为我开刀，可能要等上一个礼拜；如果没有钱搭出租车回家，他可以好心让我在挂号处的硬椅子上等到有地铁行驶才离开。

我在整个骨折事件告一个段落之后，到健保局抱怨医院的恶形恶状。健保局的人告诉我，基本上医院不能那样对待我，必须把每个人视为平等，不过规定是规定，医院要怎么做（是否别的保险等级可以让他们获利更多），"不是我的问题！"

所以，在法国，无论发生什么事，都是我自己的问题！如果我刚好是"异乡人"，那么"C'est la vie！"。

就这样，我觉得也该是我离开的时候了，我已经在巴黎汲取了足够的养分，该是回馈分享的时候了。而如果巴黎不欢迎我，我也没有必要强留下来。巴黎的好与坏，我已经体会足够。而且我知道，即使现在我选择离开巴黎，有机会还是会再回来，以后可能会用另外一种心态重新看待这个城市，反正它又不会跑！

亲爱的，关于巴黎，我想我已经说够了，我等着你告诉我属于你自己的巴黎，虽然那将会像自古以来每个人口中的巴黎一样，与我无关。

任何人是否会在巴黎踩到狗屎，或被空降鸽粪炸到，都"不是我的问题"！

图书在版编目（CIP）数据

巴黎症候群 / 林鸿麟著.——西安：陕西人民出版社，2015
ISBN 978-7-1-224-11570-3

Ⅰ.①巴... Ⅱ.①林... Ⅲ.①散文集－中国－当代 Ⅳ.①I267
中国版本图书馆CIP数据核字(2015)第167663号

本书由一起来出版（远足文化事业股份有限公司）正式授权出版
著作权登记号25-2015-197

出 品 人	惠西平
总 策 划	宋亚萍
策划编辑	韩 琳 王 凌
责任编辑	关 宁 王 倩
装帧设计	闫薇薇

巴黎症候群

作　　者：林鸿麟
出版发行：陕西新华出版传媒集团　陕西人民出版社
　　　　　（西安北大街147号 邮编：710003）
网　　址：www.sxrmbook.com
发行电话：029-87205094
地　　址：西安北大街147号
邮　　编：710003
印　　刷：陕西金和印务有限公司
开　　本：787mm×1092mm　16开　16印张
字　　数：250千字
版　　次：2016年3月第1版　2016年3月第1次印刷
书　　号：ISBN 978-7-224-11570-3
定　　价：45.00元